チャイナ・ブルー

沖夏海

青春は白い陶磁器に描かれた青花模様
チャイナ・ブルー
光と影の中で
青い花が浮かび上がる

目　次

フェイヤンの落胆―― 7

レディバード―― 23

熱帯雨林の香り―― 38

セピア色の写真―― 62

寂しい綾香―― 81

別れを月が照らしていた―― 96

新任講師―― 105

霧の中のスモークハウス―― 131

テニスと愛人―― 139

月蘭《ユエラン》とフェイヤン―― 171

月蘭のプライド―― 242

フェイヤンの落胆

私は一九六九年製のフォルクスワーゲン・ビートルのアクセルをいっぱい踏みながらポリテクニックに急いでいる。午後一時に図面を提出し二時からプレゼンテーションだ。提出が遅れるとあの厳しいラキヤがきっと嫌みを言った後でワンランク下の評価をつけるに違いない。

今度の課題では絶対Aをとりたい。良い成績でポリテクニックを卒業して、イギリスかオーストラリアに留学するのだ。そうして建築家になるのが私の夢だ。

教室には五分前に何とか滑り込んだ。受け取り係のノルシャムが上目遣いでちらっと時計を見て図面の上に青いスタンプを押した。

提出期限を守ったという印だ。ホッとして製図台にリュックをドサッと置いて椅子にへたり込んだ。私の後に息を切らせてロスディが駆け込んで来た。既に一時は五分ほど過ぎている。彼の図面にも青いスタンプが押された。先生たちはマレー系学生には甘い。私のように中国系学生にはすべてが厳格だ。

「ねぇ、プレゼンテーションまで時間があるからカンティーンに何か飲みに行かない？」

ファンが声をかけてきた。

私は徹夜明けで製図台にうつぶせになって少し眠りたかったが、「う～ん、じゃあ行くかー」と体が何だか浮いているように感じながら、ゆっくりと立ち上がった。その時、シャワーを浴びてきた髪の先がまだ湿っているのをうなじに感じた。

「ねえ、フェイヤン。今度の設計課題、自信ある？」

ファンがストローから口を離して、私を見つめて聞いた。

ファンがこう言って聞いてきた時は、彼女自身が相当頑張った時だ。

「そうねー。まあまあかな」

私は髪の毛の先端を指で弄びながら視線をそらして言った。

「うそ！　フェイがそういう時ってすごくいいデザインをするんだからー」

私は内心、今度の設計課題には自信があったが「さあー、どうかな」と答えた。

ファンは同じクラスで何となくライバルなのだ。

マレーシアのポリテクニックは二年間四学期制のサーティフィケイトコースと三年間六学期制のディプロマコースがある。ポリテクニックは大学と並ぶ高等教育機関だが、大学の理論とアカデミックなカリキュラムに比べてより実践的、実技的にカリキュラムが組まれている。

私は建築を実践的に学びたかったのでポリテクニックを選んだ。

国立のポリテクニックはマレーシア政府のマレーシア人優遇制度が施策されていて、建築学科一学年一クラス平均三十五名の学生のうちマレー系七割、中国系二割、インド系他は一割に制限されている。この入学制限を突破して入学してくる中国系学生は、大学やポリテクニックに進学するために必要な共通試験ＳＰＭ・ＳＰＭＶもかなり良い点数を取得している。

私は建築学科ディプロマコースの五学期に在籍している。同じクラスの中国系学生は全部で六名。ファンとジュンに私の三名が女子学生で、ジン、ブン、コオの三人が男子学生だ。

みんな課題が提示された後の授業では簡単なスケッチはお互い見せ合うが最終段階になると人には見せない。よいアイデアを基に設計している場合、真似をされることを恐れる。中間発表がある場合は、どういうデザインをやろうとしているのか他のクラスメイトに知られてしまうのはしようがない。それは知られても発表することで自分のデザインが教師や他の学生に最初にやったという証明になり、真似されることをそれほど心配することはなくなるのだ。

今回は短期課題で中間発表がなかったから、最終的にみんながどんなデザインを提出するのかわからない。

「さぁーて、教室に戻ろうか。ぼちぼち時間だし」とファンが立ち上がった。

（なんだか、いつになくファンは張り切っているな）
私はそう感ぜずにはいられなかった。

教室に戻るとプレゼンテーション用に製図台と椅子が配置され、一番目に発表する男子学生が図面を前のボードに貼り始めていた。ミオールという学生が文句を言われながら手伝っている。

彼は誰にでも親切なのだ。彼がゲイであることはみんなが知っている。最初はわからなかったが、彼の優しさが女にも男にもない種類の優しさであることにみんなが気づいた。それでクラスのみんなが自然にゲイである彼を受け入れることになった。

その繊細な感覚が建築デザインに反映されるかと言えば、どうもそれは別物らしくいつも設計製図の授業は最低点でかろうじて進級をしている。

今回の課題は「住宅地区の一角に建つ保育園」だ。
何人かのマレー系学生が発表したが、どれも基本的に中心のある円形プランが多い。円形プランは一見面白そうに見えるが、円の中心線や円弧にすべてが従うことになりやすくプランの自由さに限界がある。建築学科に入学して一年目は私も円形プランをやったことがあるが、その形の操作が限定されるのに気が付いてからやらなくなった。

指導講師のラキヤも、学生たちが発表するデザインが見飽きたものであるせいか、これといった反応を示さない。


私の順番がやってきた。私は最初に形態から説明した。平面としては大きな四角形の中に小さい四角形が入っている。その角度をずらすことで外側の四角形との間に空間ができる。そのスペースが保育児童の遊び場になるのだと説明した。私としては二つの正方形の空間がずれることによって生じるスペースが面白くてこのプランが気に入っていたし、デザイン的にも自信があった。

説明が一段落した頃、ラキヤは「プランが何だか硬いわね」と言った。そして「これは、屋根はどうなっているの」と聞いてきた。

「屋根は陸屋根のフラットルーフです」と私は答えた。今回の私の計画案ではコンセプトを明快にするにはフラットルーフが最適だと考えていた。

それを聞いたラキヤは生徒の弱点を見つけた時にいつもする皮肉に満ちた笑みを浮かべながら口を開いた。

「前にも教えたじゃないの。マレーシアのような熱帯雨林《トロピカルレインフォーレスト》の国では、雨に対処するために寄棟か切り妻の勾配屋根じゃないと駄目だって！」

クラスの後ろの方で「そうだ、そうだ」と小さな声で講師に同調する奴がいる。声でわかったが、いつも伝統的デザインばかりやるマレー系学生のアズランだ。

彼のデザインはどんな課題でもマレー様式の勾配屋根でしかデザインしない。マレーシアの民族的伝統を守るのが自分のデザインだといつも言っている。新しい形態には挑戦しない。

私が返答に窮していると、「じゃあ、次！」とラキヤは言った。

この一ヶ月間、夜遅くまでスケッチを繰り返し、徹夜をしたのも三日を超えている。それがわずか十五分で低い評価をされてしまった。自分がうまく説明できなかったのか、それとも講師が日頃言っていることを忠実に守らなかったからなのか悔しかった。

自分の図面をボードから外していると涙が自然と滲んできた。それはみんなに背中を向けているので見られずにすんだけれど。

この後、何人かの学生がプレゼンテーションしたが、私は頭がぼうっとして、彼らの言っていることが頭に入らない。

ふっと気が付くとファンの順番がやってきた。

ファンがどんな案をプレゼンテーションするのか急に気になり、耳をかたむけた。

彼女はいつものようにニコニコしながら説明している。

「私は年々増えるマレーシアの人口に対して、保育園も増築できることが必要だと考えました。このデザインの特徴は増築できるのは建物だけでなく、園児の部屋と前面の庭も同じように増えてゆくことです」

彼女の図面に目を移すと螺旋形のプランが描かれている。私はショックを受けた。今まで螺旋形のプランを提案した学生は誰一人いない。螺旋状に建物が伸びてゆくと建物の間の外部空間も同じように増える。

保育園児の場合はまだ生まれてから年齢差による身体発育の差が大きくて、全員一緒に遊ばせられない。年齢別に仕切られた保育室の一番近い場所が彼らを遊ばせる場所になる。ファンの螺旋形の建物は空間が広いところや狭いところもそれぞれに勾配屋根が架かっている。その屋根の架け方の違いが全体に変化を与えて保育園らしい楽しさが表現されている。

私は今回の課題で、ファンに完璧なまでに負けたことを悟った。

私は学校から少し離れた学生街のシェアハウスに戻った。普段はルームメイトで会計学専攻のタンがいるが、明日から学期休みなので先に故郷に帰っている。

一人ぼっちの部屋でベッドに仰向けに横たわった。天井の照明の光がまぶしいので腕を額に乗せたまま体を休めた。体は睡眠を求めているが頭は冴えて眠れない。頭の中でファンのプレゼンテーションの情景がぐるぐる廻っている。

彼女の案にはマレーシアの人口増加など社会問題も提案に含まれている。そして内部空間と外部空間が同時に増えてゆくことを可能にする螺旋形を採用したことに斬新さがあった。そして斬新なことをやりながら講師のラキヤが常日頃言っている彼女の持論である勾配屋根を取り入れてデザインしている。

「何という頭のよさだ」

自分のアイデアだけに溺れず客観的な視点を忘れない。

(私には彼女のような能力がないのかも知れない)

ふっと思った瞬間、嗚咽がこみ上げてきて、私は腕を額に乗せたまましばらくの間すすり泣いた。

気持ちが徐々に落ち着いてきた頃、ふっとラキヤが言った言葉が甦った。

「熱帯雨林《トロピカル・レインフォーレスト》か……」

熱帯雨林は私も好きだ。このところ森に行くのをしばらく忘れていることに気が付いた。

（そうだ……明日はキャメロン・ハイランドの熱帯雨林を散策しよう）

森に覆われるように睡魔が自分を包み込み、私は深い眠りについた。


私は夢を見ていた。鬱蒼と茂る樹林の中を私は歩いている。樹林のずっと奥から鳥の声が聞こえる。その声を聴きながら森の明るいところに出た。白い光が上の方からそそいでいる。

見上げると、それはぼんやりとした眩しい天井の蛍光灯であることに気が付いた。鳥の鳴き声だと思っていたのは携帯電話の呼び出し音だった。ベッドから重い体を起こして机の上の携帯電話に腕を伸ばした瞬間、それは切れた。


着信履歴を見ると、かけてきたのはスティーブだ。すぐこちらからかけ直そうという気が起きない。彼は一応、私のボーイフレンドだ。一応と言うのは二人の間にこの頃しっくりしない感情が芽生えつつあり、お互いにそれを感じている。

スティーブとは高校まで同じクラスメイトだった。その後、私はポリテクニックのディプロマコースに進み、スティーブはマラヤ大学の建築学科に進学した。マラヤ大学はマレーシアの国立大学の中でもトップクラスで、入学するのが最難関の大学だ。まして中国系学生の受け入れ枠はマレー系優遇策のため少ない。スティーブは中国系だが、難関を突破して進学できた時は私も本当に嬉しかった。

マラヤ大学はクアラルンプールにあり、私のポリテクニックはイポーだ。以前は週末には、お互いにクアラルンプールとイポーを行き来していた。学年が進むと授業が本格的になり、お互い課題に追われるようになった。会うことができるのは学期休みで、明日から学期休みが始まるのをスティーブに伝えてあったので電話をしてきたのだろう。

しばらくすると、また電話が鳴った。やはりスティーブからだった。

「さっき電話くれた?」と眠そうな声を殊更意識して出した。

「ごめん、熟睡していた。今日、課題提出とプレゼンテーションがあったので……。このところ徹夜していたから……」

ちょっと間が空く。気が付いていたならそちらから電話くれてもいいじゃないか、と思っている雰囲気が伝わってくる。しかし、スティーブはそれを言葉には出さず、「そう、課題の結果はどうだった？」と聞いてきた。

「う～ん、評価の採点はまだ出ていないけれど、多分駄目だと思う」

と私は言った。泣いたことは言いたくなかった。

「この前に聞いていた時、結構自信がありそうだったけれど……」

スティーブは更に聞いてくる。

私は、もう今夜は課題について話をしたくなかった。以前はお互いの課題について助言をし合っていたけれど、デザインを変える場合もいちいち相手に了解を求めるのが煩わしくなりやめてしまった。スティーブは内心それが不満なのだ。もっと自分の助言を聞いてほしい。そして、その助言に従って設計してほしいと私に願っている。

彼は講義の授業では非常に優秀だ。しかし、設計となると生真面目なデザインと言うか、私にとっては面白くないのだ。ディプロマコースとなると、真面目だけでなく新しいユニークな視点がデザインに求められる。このことは彼に話してはいないけれど、目指す建築デザインの方向が私とは違うと感じている。

私が沈黙しているので、彼は私の気持ちを察して話題を変えた。これが彼のスマートなところで優しさでもある。


「明日から学期休みだろう？　どうする？　僕はまだ来週まで授業があるけれど」

ポリテクニックと大学とは学期休みの時期が少しずれている。

「明日はキャメロン・ハイランドの熱帯雨林を歩こうかと思っているの」

私は考えていたことを話した。そうでもしなければ、この落ち込んだ気分を学期休み中引きずりそうで気分転換を図りたかった。

「一人で？」とスティーブは聞いてきた。

これを聞いた途端、また始まったと思った。

しっくりしない感情が芽生えたと言うのはこのことなのだ。

彼は真面目で優しいのだが、私が思う彼の欠点は、ちょっと疑り深いことと嫉妬深いということだ。最初はそれが彼の愛情だと思って嬉しかった。しかし、友達と集会に行った時にも彼は常に傍にいて、他の男子学生と話をすると不機嫌になるのだった。

彼のことは好きだ。頭もよいし顔だってハンサムな部類に入るだろう。スティーブとはキスもしたし、胸も触らせたことがあるが、私はまだ全部彼のものじゃない。私はいろんな人と出会いたいし、ひょっとしたらスティーブとは違う相手を本当に好きになるかも知れない、と密かに思っている。

「一人だよ。課題の評価で落ち込んだから気分転換したいの」

「ふ〜ん、本当?」

いい加減にしてほしいという気持ちがむくむく湧いてきたが、ぐっとこらえて、「落ち込んだ気分転換は一人でするのが一番なの」と優しく言った。

スティーブはまだ納得していないようで沈黙している。

「ごめん、来週、こちらから電話するね」

私はそそくさと電話を切った。彼との距離がまた数ミリ遠ざかったような気がした。

そういえば建築の設計図はすべてがミリ単位なのだった。

レディバード

翌朝はからっと晴れた光と鳥の鳴き声で目が覚めた。久しぶりにドライブしたい気持ちが高ぶってきた。

キャメロン・ハイランドへ行くには高速道路をクアラルンプールの方向に少し走り、タパから山岳道路を上って行くルートしか昔はなかったが、今はイポー市内からのルートができている。これは新しい道路で旧ルートよりも道幅が広いしカーブもきつくない。熱帯雨林に与える影響を考える環境アセスメントに時間が費やされ、やっと完成した。

私はレディバード（テントウムシ）と名付けたフォルクスワーゲンの四速ギヤを三速に落として、バタフライファームまでの坂道をゆっくりとカーブを切りながら上って行った。

私のフォルクスワーゲンは古い中古車だが、車を持っている学生はまだ少ない。私が車を持っているのは、タイピンに住んでいる母が父を説得して買ってくれたのだ。

＊

それまでホンダのモーターバイクで、シェアハウスと学校の間を通学していたのだが、母の友人の娘が同じようにモーターバイクで通学していて、片足を切断する交通事故にあったのだ。それに母は非常にショックを受けた。母の友人の間でも、その娘は美人でスタイルがよいと誰もが誉めていた。母の友人の嘆きが更に母を考えさせた。母はなんとか私がモーターバイクに乗らないようにさせようと考えた。

そこで、「車の方が安全だし、実家にもそれで頻繁に帰ってくるだろうから」と父親を説得した。

ただし、車の購入予算は８０００リンギまでは両親がお金を出すので、その予算内で車を見つけること、ガソリン代は月１００リンギまでは援助するが、それ以上は自分で工面することが条件だ。私から見ても随分子供に甘い親のように思われたが、嬉しくてその話に飛びついた。

８０００リンギだと当然新車は買えない。そこでスティーブと一緒にあちこちの中古車屋を見て回った。マレーシアでは中古車であっても程度のよいものは決して安くはない。

国産車のプロトンで2万リンギ、その上のクラスのウイラで3万リンギはする。予算を勿論超えていて買えないが、それ以上に私に買いたいと思わせる車はなかった。


車探しに疲れて、冷たいものを飲みに行こうとスティーブの車で走っていた時、錆びた鉄板屋根を大きなチークの樹が覆っている小さな車屋があった。その木陰に赤や黄色の丸いお尻をこちらに向けてフォルクスワーゲン・ビートルが三台ぐらい停まっていた。

「ねっ！　あの、お店の前でちょっと停まってくれる？」とスティーブに頼み込んだ。

スティーブは意外な顔をしたが、行き過ぎた道をUターンして、その店の前に車を寄せて停めた。

フォルクスワーゲンの上に、チークの大きな葉の葉脈を透かして緑色の淡い光が落ちている。旧型フォルクスワーゲンはビートル（カブトムシ）と呼ばれているが、木陰に休むレディバード（テントウムシ）に見える。樹木の下も店の領域らしく地面はオイルを吸い込んで真っ黒になっている。その脂っぽい土の上にいろんな工具が置いてあるが、人影は見えない。奥の事務所らしきところも覗いてみた。その中は机の上や周りも油にまみれた工具や取り外した部品が埃を被って置いてあって、ここも油臭い。

誰もいない様子なので、スティーブが後ろから聞いてきた。

「どうする？」

「こうやって見てみるとフォルクスワーゲンっていいわね！」とスティーブの声を聞き流しながら、私は目の前にある三台のフォルクスワーゲンの中を覗き込んでいた。

スティーブも同じように覗き込んだが、こんなに古い車には興味はなさそうだ。しかし彼のよいところはすぐに反対しないことだ。しばらくは私の好きなようにさせて様子を見るのだった。

私の気持ちの中では、フォルクスワーゲンを買うのだと決めていた。

ともかく、この店に並んでいるフォルクスワーゲンの値段を知りたかった。


そうしていると気の抜けたバイクの排気音が近づいてきた。振り返ると若者二人が相乗りで乗ってきたバイクを樹の下に停めた。停める場所も決まっているらしい。ヘルメットを外しながらこちらにやって来た。

「何か？」と言いたげに目が笑っている。どうもこの店の人らしい。

「ねえ、このフォルクスワーゲンはいくらなの？」と私は聞いた。

「ああ、ここにあるフォルクスワーゲンは売り物じゃないっすよ。全部お客さんの車で修理中とか製作中のものだよ」

「製作中？」

「こういう古いフォルクスワーゲンは自分の好みに作り上げて、楽しむ車なんすよ」

「フォルクスワーゲンの古い車体を見つけて、その壊れている部品やら内装、塗装をやりかえて動く状態にするのが、また楽しいのですよ」

私は値段さえ折り合えば、目の前の車をすぐ買えるものだと思っていたのでがっかりした。

「そうすると、作り上げるのに、いったいどれくらいお金がかかるの？」

「それはお客さん次第だね。最低限の改装で乗るなら大体6000リンギぐらいかな。マニアックな人だと3万リンギぐらいかけたりするよ」

頭の中で計算している自分がいる。それはほとんど衝動買いに近い心理状態だった。だけど買える車がまだ目の前にあるわけではないが、これから二つとない自分の車を作るということが私を興奮させていた。それに何だかよくわからないけれど、高望みしなければ予算内に収まりそうだった。

ともかくベースになる車が見つかったら連絡を貰うことにして、携帯番号と名前を彼が渡した紙の切れ端に書いた。その紙切れが油で汚れているのが、いかにもこの世界に入ってゆく切符を連想させた。

その夜、母親に電話をした。

フォルクスワーゲンを買うことについて、お金を出してくれる両親の許しを得ておきたかった。古い車は修理代が大変だと聞いていたので、反対するかも知れないという不安があった。しかし、反対されても何とか説得するつもりだった。

電話口でいつもねだる時に出す甘えた声で「中古のフォルクスワーゲンを買いたい」と言った。両親がこの声に弱いのは子供の頃から知っていた。ところが予想外に母親は反対しないので拍子抜けした。

「ちょっとお父さんと電話を代わるから」

母親が説明しているらしく、父親が出てくるまで少し時間がかかった。

「元気にやっているのか？　母さんから聞いたけど、古いフォルクスワーゲンにしたいんだってな？」

「うん……」と答えた。父親が賛成なのか反対なのか、まだわからない。

「自分で責任をもって乗るならいいぞ」

「反対するかと思っていた！」

「実はお前の生まれる前に、ちょっとの間だったけれど、父さんもフォルクスワーゲン・ビートルに乗っていたことがあってな」

「へえ〜、そんなこと今まで話したことないじゃないー」

「若い頃は、よくあの車で母さんと出かけたものだよ」

「じゃあ、ビートルを買ってもいいのね！」

「しかし、買うなら一九六八年以降のモデルがいいぞ。ガソリン給油口が外側に付いているから、給油する時にボンネットをいちいち開けなくて済む」

両親にもそんな時があったのだと知って嬉しくなった。


それから二週間ぐらいが過ぎた。

両親を説得してまで買うと決めたフォルクスワーゲンも、「ベースになるビートルがなければしょうがないなぁ」と諦めかけていた頃、スティーブと行った車店のシンから電話があった。

「売りたいというバグ（虫）があるんだけれど」

「売りたいバグ？」

「古い型のフォルクスワーゲンを欧米ではそう呼んでいる。それで俺たちもバグって言うようになったんだ」

「やっぱりあれは虫《バグ》なのね」

　この前、古いフォルクスワーゲンを見た時、レディバードだと感じたのはやはり正しかったのだ。何となく笑いがこみ上げてきた。


　バグ屋のシンが迎えに来て、売り物だという虫を見に行った。そのバグを見た時はショックだった。原っぱの雑草の中にそれは置かれていた。その車には所有者がいる感じがしなかった。そこに捨てられている感じだ。タイヤは四輪ともペッチャンコ。ボディはあちこち錆が出ている。すすけた窓ガラスから中に破れた座席クッションが見える。

　シンはバグの下を覗き込んで、「フロアパンはまだ使えそうだな」とかぶつぶつ言っている。持ち主から鍵を借りてきているようで、後ろのボンネットを開けた。

「あのね、前のボンネットを開けて『エンジンがない！』って騒いだ人がいたけどね。バグのエンジンは後ろなんだ」

　と本当か冗談かわからない笑いを浮かべてシンは言った。

「エンジン周りはオリジナルだ。この状態がベースの車としては一番いいよ。あまりいじられていると後が大変なので。それにこのバグはシンガポール仕様だし信頼できる」

「年式は何年型なの？」と父の言ったことを思い出して聞いた。

「これは一九六九年製だね」

　父の言った条件に合っているようだ。

「一九六八年以降のモデルだとガソリンを入れる時にボンネット開けなくていいんですよね？」

　多少バグのことがわかっている風に見せたかった。シンは意外そうな顔をしたが、ニヤッと笑って聞き返してきた。

「よく知っているね。ここに給油口があるよ」と右側フェンダーのちょっと上の蓋を指さした。

「ところでどうする？　このバグ買う？」

私はこんな野原に捨てられているようなバグを買うはめになるとは思っていなかったので、心配になって聞いた。

「これ、買って大丈夫なの？」

「このバグはシンガポール仕様だし、オリジナルの状態だから悪くはない。これを綺麗にするとすれば、このバグは２０００リンギだから、まあ、合計して６０００リンギから７０００リンギってところかな」

私は目の前のバグが果たして綺麗なレディバードになるか全く想像ができなかった。

この状態の車を見たら、みんな反対するだろう。両親もバグを買ってもいいと言ったが、原っぱに打ち捨てられたバグは想像していないに違いない。私はまだ迷っていた。バグの周りをゆっくりと歩き始めた。後ろに廻って塗装の剥げた草むらの中のバグを見ると、ふっと可哀想になった。

「これって、女性の母性本能？」

「えっ、何？」とシンが怪訝そうにこちらを見た。

「ううん、何でもない。買ったらちゃんといい車にしてくれるわよね？」

「お嬢さん、人生は恋でも結婚でも、信じるところから始まるんですよ」

車屋のお兄さんから人生論を聞くとは思わなかったが、彼の言うとおりかも知れない。

「よし、買った！　信じてみる、あなたをね」

シンにちょっとプレッシャーをかける気持ちを込めて言った。

「じゃあ、このバグをお店に運んで作業を始めるから、時間が空いた時に見に来て」


それから私のバグ造りが始まった。

授業が終わった後、バイクでお店に駆けつけて、作業の進行状態の説明を受ける。エンジンと座席を取り外したバグは原っぱで見た時より、もっと頼りなく見えた。エンジンは地面との間に木をかまして置いてある。水平対向エンジンなので全体が平べったい。シリンダーには冷却フィンが付いていて綺麗な形をしている。

ボディ周りの板金は隣のお店のワンおじさんが担当だ。錆と古い塗装は徹底して落とす。そうでないと、塗装してもその下で錆が発生して塗装を浮かせてしまうからだそうだ。ワンおじさんから鉄板は叩けば伸びると誰でも予想がつくが、鉄板を縮めるのはどうするかを教えてくれた。

「縮めたいところをバーナーで熱くして、そこに水を吹き付けると縮む」

「へえー、知らなかった」

このワンおじさんは、自分が納得しないと何度でもやり直す。いろんな角度から眺めたり触ったりしてでこぼこを確かめながら作業を繰り返していた。職人気質を持った人物だった。

それに比べて、シンは元々付いていた部品を他のものにすり替えたりするのだ。彼の店に通うようになって少しずつわかってきたが、程度のよい部品は別にストックしておいて売り物にする。バグに付いている古いオリジナル部品はドイツ製だが、今はドイツでは生産していない。新しい部品はブラジルやメキシコで生産されているものだ。それらは新しくても材質や精度がドイツ製と比べて劣るのだ。それで彼らに言わせると、程度のよいドイツ製オリジナル部品は貴重だということだった。

「私のバグの部品を勝手に変えないでよ。私もドイツ製のオリジナル部品が好きなんだから！」

と釘をさしたが、「そんなことしないよ」とシンはとぼけて視線をそらした。

二週間ぐらいかけてボディの板金は終わり、ワンおじさんの手で錆止め塗装が念入りに施された状態のボディができあがった。その時に知ったが、バグのボディはフロアパンと上の丸っこいボディが分かれていて、その間にゴムのクッションシールがぐるりと挟み込まれている。これを省いて上のボディとフロアパンを溶接したバグもあるが乗り心地が悪いそうだ。

街で見かけるバグは、ほとんどが黄色や赤など派手な色に塗られているが、私はボディの色は既に決めていた。女の子らしいローズピンクのような色ではなくシルバーだ。街で見かけたＢＭＷが周りの景色を映しながら走っていたシルバーのボディ色が忘れられなかったからだ。

ボディの塗装は日本人墓地の横にある塗装工場に頼むことにした。そこはドイツから塗料を取り寄せてドイツ車と同じ塗装をすると聞いたからだ。女副社長が工場を仕切っていて繁盛していた。女の子が自分の車を造っていることを面白がった社長の亭主が、副社長に安くするように目配せした。副社長の奥さんは亭主の方を見て、

「やれやれ……若い女の子には弱いんだからー」

と溜め息をついたが、特別に安くしてくれたのだった。シートクッションは腕がよいと教えてくれた店に行った。

そこは小さな店だったが、ちょうどボルボのシートクッションを張り替えていた。その仕事ぶりを見て、私はそこに頼むことにした。オリジナルシートと比べて遜色ないぐらいよくできていたからだ。そんな工場通いが三ヶ月ぐらい続いて、私の虫《バグ》はテントウムシ《レディバード》に生まれ変わったのだった。

熱帯雨林の香り

私のレディバードをストロベリー・パークホテルに停めて、ジャングル・トレッキング受付の顔見知りのガイドに声をかけた。

「久しぶりだね。どうしたの？」

マレー人特有の優しい眼差しで彼は聞いた。

「うん、ちょっと森の中を歩きたくなった」

彼は、私が悩んだり落ち込んだ時、ここに来ることを知っていた。

「何時に戻ってくる？」

「三時には戻るわ」

もしその時間を過ぎて戻らなければ、彼らガイドはジャングルを捜索してくれるのだ。

キャメロン・ハイランドのトレッキングコースは複数あるが、私は好きなコースが決まっていた。決められたトレッキングコースを外れて、人が踏み込んだことのないジャングルの中を自由に歩くことができると想像する人がいるが、それは不可能に近い。

植物の棘、蚊、蟻、山蛭など気ままな人間の侵入を許さない。キャメロン・ハイランドのトレッキングコースを歩く場合、山蛭は少ないが安心はできない。マレーシアの山蛭は落ち葉に紛れて動物が通るのを待ち構えている。動物の体温を感知して集団で飛びつく。私はトレッキングシューズの紐を締め直し、ジーンズの裾を靴下で覆い蛭が入りにくいようにしたが、それでも実際は靴下の編目を通して山蛭入ってくることがあった。

ジャングルの中を歩き始めた。太陽の光が大きな葉っぱを透かして地面を淡く照らしている。細い道を歩きながら、この情景は夢で見たのと同じではないか、とふっと思った。

靴を通して感じる積み重なった落ち葉の柔らかい感触も同じだった。少しずつ森の匂いが強くなってくる。私はこの熱帯雨林の香りが好きだ。立ち止まり深呼吸して目を閉じると、別の世界に引き込まれる気分になるので、しばらく私は目を閉じたまま、そこに立ちつくした。目を閉じると聴覚が鋭くなり、いろいろな動物や鳥の囁きが聞こえてくる。最初は漠然と聞こえていたが、次第に鳴き声の方向と距離が明確になりジャングルの世界が広がってゆく。

私はゆっくりと目を開け、小さく深呼吸して再び道を歩き始めた。しばらくして気が付くと葉っぱの上を鮮やかな色彩をした昆虫がゆっくりと歩いている。自然の造形と配色の絶妙さに感心して溜め息が出る。これは自然が作るデザインの力だと思わざるを得ない。私はその昆虫の動きに我を忘れて、じっと眺めていた。すると、自信を持っていた課題のデザインはそれほど大したものではなかったと思い始めた。あれほど課題を発表するまで自信を持っていた私の建築デザインはこの小さな虫のデザインを超えていない。この虫の機能と理由ある造形と配色に比べると未完成だ。そう感じると笑いがこみ上げてきた。プレゼンテーションの時には講評したラキヤを恨んだが、今は彼女の意見も受け入れられる。屋根の形態だけでなく、彼女は私の見えていない部分も見ていたのかも知れない。

散策路が徐々に上り勾配になってくる。歩みを進めて上りと下りを繰り返し、頂上らしきところに到達した。この頂上付近には特に目印があるわけではない。ジャングルの樹海が少しまばらになったところがあり、そこからイポーの方角が遠くに眺められる。

実際にはイポーは山の向こうにあるので街は見えないが、薄暗い森を抜けてきた開放感がこの場所にはある。今まで気が付かなかったが、額に汗が吹き出て髪が額に張り付いている。髪の毛をつまんで耳の後ろに流した。乳房の谷間を汗が下にすべり落ちてゆく。

そして自分の身体から立ち上がる体臭と熱帯雨林の匂いが一体になって立ち込めているのを感じた。私はその混然とした匂いが好きなのだ。

（スティーブは私の匂いをかいだことがあるはずだけど、どう感じているのだろう。私の形のいい乳房を触らせてあげたのに、あいつは鼻息だけだった）

休憩したくても、そこに倒れている樹木や地面には容易に腰を下ろせない。そこは蟻や小さな虫たちの領域なのだ。座ると知らないうちに虫たちが体によじ登ってくる。

更に先に向かって歩いていると、自分の匂いではない、別のよい匂いが微かにすることに気が付いた。香りが何処からするのか見渡すと、大きな樹木の水平に伸びた太い枝に寄生して蘭の花が咲いていた。そこは淡く光が差し込んで白い蘭の花びらを浮かび上がらせている。蘭にもいろいろな種類があるが、これほどの香りを放つ蘭の花は初めてだった。

この小さな蘭の花は、ジャングルの中でひっそりと小さく咲きながら、自分の存在を知らせている。この蘭の花は誰かがやって来るのを待っていたように思えた。その誰かが私だと想像したら嬉しくなってきた。やっぱり森に来てよかった。いろいろな発見があるし、こんないい香りのする蘭に出会えた。

私はしばらくそこに立ち、蘭の花の香りを胸いっぱいに吸い込んだ。その匂いを記憶に刻み私はあの時あの場所にいたのだ、ということを想い出せるように。

帰り道はすっかり気分が晴れて、足取りが軽くなっているのが自分でもわかる。

（あの蘭の花は夜にも匂いを放っているのだろうか。そして夜の方が更に蘭の花は香りを増して、ジャングルの動物たちを惑わせているかも知れない）

樹林の間から月の光を受けて、花びらを白く浮かび上がらせている情景が頭の中に浮かんだ。

ガイドに挨拶をして駐車場に戻った。

私のレディバードに近づいてゆくと、エンジンの下に油じみができているのが目についた。ちょっと膝をついて覗いてみたが、何だかよくわからない。油じみも小さいので、イポーまで何事も起こらないだろうと思った。イポーに戻ったらシンのところで点検してもらおうと車をスタートさせた。

ゆっくりとカーブする下り道をしばらく走った。何だか後ろから響くエンジン音がおかしい。ずっと下り坂なのでパワーの落ち込みは感じない。しかし何だか嫌な予感がしてきた。バックミラーを見ると車の後ろから白い煙が上がっている。まだ走り始めてそう時間は経っていない。イポーまでまだ距離がかなりある。車をそれ以上走らせるのは諦めて、広くなっている砂利敷きの路肩に車を寄せて停めた。

自分で見たところで直せる自信はなかったが、後ろのエンジンフードを開けた。エンジンは小刻みに振動しながら回転している。ベルトがいろんなプーリーをくるくる回していた。

バグは空冷エンジンと言われているが、それは空気でエンジンを冷やすだけでなく、エンジンを冷やすために循環しているオイルをファンで風を送り冷やすのだと聞いていた。車を受け取る時に、エンジンオイルだけはこまめにチェックするように言われていた。

エンジンを止めてオイルレベルチェックのスティックを引き抜こうとしたが

熱くて触れない。前のボンネットにボロ布があるのを思い出して、それを使ってスティックを掴んだ。

周りの熱い部品に触らないようにスティックをゆっくりと引き上げた。布で拭いてもう一度差し込み引き上げると、オイルが最低限のレベル下までしかない。慌ててエンジンの下を覗き込んだ。すると水平対向エンジンのヘッドカバーの隙間からオイルが漏れていた。漏れたオイルがシリンダーヘッドの冷却フィンに伝わり、熱で焼けて煙が出ていたのだ。

スティーブに電話しようと思ったが、クアラルンプールからここまでかなり時間がかかるだろう。しゃがみこんでエンジンを見ている私の後ろで男の声がした。振り返ると逆光で彼らの顔がよく見えない。私は随分無防備な格好をしていたことに気が付いた。ジーンズは尻の割れ目近くまで下がり、Tシャツはずり上がっていた。私は慌ててジーンズを引き上げながら身構えた。

彼らは一旦車で通り過ぎてから、バックして戻ってきたようだ。車は新しいベンツのSクラスだった。

「車の調子、悪いの?」

二人の男のうち中背の男が聞いた。もう一人は体格がよく肩の筋肉が盛り上がっている。

「ええ、そうなんです……」

私は彼らに警戒心を持ちながら言葉少なく答えた。

大柄な男は私の代わりにエンジンルームの中やエンジンの下を熱心に見始めた。そして小さな声で、もう一人の男に説明をした。その説明ぶりから、すぐに直せる状態ではないらしい。説明を聞いた中背の男が聞いた。

「イポーに戻るところなの?」

「はい、そうなんです」

「ちょっと一緒に寄り道してもいいのなら、その後はイポーまで送ってあげるよ。車はレッカー車で修理工場まで先に持って行ってもらえばいい」

「はあ……でも送ってもらうのはわるいです」

送ってもらうのは助かるけれど、私はこの二人がどういう人たちなのか、まだ判断がつかない。

「私はこの先にある別荘に行くのだが、用事はすぐ終わる。それさえ待ってもらえれば、私もイポーに戻るので送ってあげる」

中背の男は言った。私はちらっと体格のいい男に視線を移した。それを私が不安がっていると察知した中背の男は微笑して言った。

「彼は私のボディーガードだ。軍隊のコマンド出身だから、ちょっと怖そうだけれどね」

（ボディーガード？　何、この二人は……）

頭が混乱したが、彼の笑顔を見てこの二人を信用する気持ちになりつつある。私の経験では笑いで人間は本心を隠すが、彼らはそんなことをしていない気がしたからだ。しかし、彼らの車に乗せてもらう決心はまだつきかねていた。

「しばらくすると雨が降り出すよ」

中背の彼は小さな声で言った。

確かに今の季節は、昼間いくら天気がよくても夕方から土砂降りのスコールがやってくるのだ。彼の一言が私の背中を押した。

「じゃあ、送っていただきます」

と言って私は微笑んだ。

（このことはスティーブには黙っていよう）

私はすぐさま、そう心に決めた。彼に話すと、「なぜ、そんな見ず知らずの男の車に乗ったのだ」と怒るに違いない。

ボディーガードは、私からシンの修理工場の電話番号を聞いて、レッカー車の手配を手際よく済ませた。

中背の男とボディーガードはベンツの前の席で、私は後部座席に座った。座った瞬間、新しいシートの革のにおいに包まれた。そして、そのにおいからふと、私は森の中を歩いてきたので汗臭いのではないか、と急に気になった。

「ごめんなさい。山歩きしてきたので私、汗臭いでしょ？」

そろえた膝の上で両手を握りしめて、申し訳なさそうに肩をすぼめてみせた。

それを聞き流して、中背の男は自分の名前はリーだと名乗った。よくある名前で、何処の誰だか知るすべにはならなかった。

別荘には三ヶ月ぶりに行くのだと、リーは言った。

「別荘には突然行く必要がある。なぜなら、別荘番の夫婦と庭師を別荘がある限り雇わなくてはいけない。主人がいつ来てもいいように、毎日別荘の掃除と庭の手入れをするのが、彼らの仕事だ。別荘に行く日を予め伝えてはいけない。なぜなら、彼らはその時だけ働き、それ以外の日にはさぼるようになる」

リーが父親から別荘を譲り受けた時、そう言われたそうだ。

高原野菜のマーケットを過ぎて、細い道を鋭角に曲がった。ボディーガードは運転がうまい。坂道を上って山の周辺をなぞるように走り行止りまで来た。英国風の屋根と煙突がついた建物が門の向こうに見える。門扉は閉まっている。ボディーガードがクラクションを二度鳴らすと、門扉がゆっくりと開き始めた。その向こうから男が転がるように腰を低めて出てきた。

彼は庭師のようで、その後ろに満面の笑みを浮かべて別荘番の夫婦が出てきた。しばらくぶりに主人を迎える興奮と緊張が隠せないようだ。早口で挨拶を繰り返し、別荘の状態を説明している。私を主人の客人だと思ったらしく、丁重な挨拶が私にもあった。

私は彼らにペコッと頭を下げて挨拶をした。

彼らとは先ほど知り合ったばかりだが、それを言う必要はないだろう。私の中にも彼の客人だと装っている自分がいて、我ながらおかしくなった。その微笑が如何にも客であるような印象を与えたかも知れない。

居間に案内された。家具はあまり置いていない。テラスに面した大きなガラス窓のカーテンを別荘番の男が急いで開けた。舞い散る細かい埃を窓からの光がキラキラ照らして、普段使われていない居間の隅々まで明るくした。大きく開け放たれたガラス窓から、はっとするような景色が広がっている。窓越しに遮るものがなく、ずっと向こうの山脈が見える。人家は一軒も見えない。樹海が霧に覆われて遥か彼方まで広がっている。私はあの樹海の中を二時間前まで歩いていたのだ。

リーは私に「ここでしばらく待つように」と言って、別荘番に話をするために行ってしまった。

私はしばらく窓から景色を眺めていたが、後ろを振り返り室内を見廻した。

砂岩でできた暖炉の上に小さな写真の額が二つ立てかけてあった。ちょっと興味を惹かれて、私は暖炉の方に歩いて行った。写真はずっとここに置かれているらしく、セピア色に変色している。手は触れないように顔を近づけて写真を見つめた。一つは英国人らしい若い女性が森を背景にして写っている。彼女は写真の中ではにかみながら微笑している。もう一つの写真には若い頃のリーと、その女性が一緒に写っていた。リーは彼女の肩に手を回して笑っている。写真のリーは若くて、英国の何処かの大学が背景に写っている。

テラスの窓の一つが開いて、別荘番の男が庭に出てくるように丁重に言った。庭の白い大理石の丸テーブルにはクッキーと湯気をたてた紅茶が置かれていた。鋳鉄製の椅子に腰を下ろして景色を見ていると、すぐにリーがやって来た。椅子に腰を下ろしながら、「どうぞ」と紅茶を私に勧めた。

「いただきます」と私はカップとソーサーを持って口に運んだ。アールグレイの香りが口の中に広がった。

「アールグレイですね」

「うん、僕はこれが好きなんだ。昔、ロンドンにいた時によく飲んだので、その香りが忘れられない」

「キャメロン・ハイランドで栽培している紅茶はボー・ティーですが、飲むのはアールグレイなんですね」

私は微笑した。

「うん、そうなんだ。ボー・ティーは私の好みではないから」と言って遠くの山脈に視線を移し何か思い出している様子だった。

アールグレイはその独特の香りがちょっときつく、私はダージリンの方が好きだったが、そのことはあえて言わなかった。彼にとっては単に紅茶の好みでなく、その香りが何かの思い出と一緒になったものらしいと想像したからだ。

「今、近くの高原野菜マーケットに買い物に行かせている。それが戻ってきたらイポーに向かって出発しよう。天気も悪くなってきているし」

リーは黒い雲が出ている方向を指さした。

しばらくすると別荘番夫婦が白菜やトマトなど抱えきれないぐらいの野菜を持って庭先に現れた。リーは彼らの方に身体をよじって車に積むように指示を出した。

空が曇り、風が吹き始めた。テーブルのナフキンが風で飛びそうだ。

「さあ、出発しよう」

リーは立ち上がった。

（こんな素敵な別荘に来ることは、もうないかも知れない）

私はもう一度振り返って庭からの景色を眺めた。


車がイポーに向かって走り始めて、すぐにスコールはやって来た。ボディーガードはワイパーを早動きにして、ゆっくりと運転している。

そのうち私のレディバードが立ち往生した場所にやって来た。水滴の流れる窓に顔を寄せて、その場所を見つめた。そこは雨が地面に降り注いでいるだけで、私のレディバードはもうなかった。ほっとした気持ちと心配な気持ちが心をよぎった。それを察したように、

「大丈夫ですよ。あなたの車はもうイポー市内を修理工場に向かっている」

リーは念を押すようにボディーガードにも確認した。

「ヤー、ボス！」とボディーガードは快活に答えた。さっきは気が付かなかったけれど、運転席のコンソールボックスに拳銃があるのが見えた。

イポーの街に入ると夕闇がその色を濃くし始めていた。わずかな時間にすべての景色が紫がかった青い色に染まり、街の明かりが点灯し始めていた。スコールも過ぎ去り、濡れた舗装面を車のテールライトがルビーのネックレスのように連なって流れてゆく。

「家は何処なの？」

「ポリテクニックを過ぎてから、右に曲がったブロックです」

学生たちが多く住んでいる地区が見えてきた。

「すみません。あの58と書いてあるところを右に入って下さい」

曲がってしばらく行くと私のシェアハウスだ。

「ここです。どうもありがとうございました」

私は感謝の気持ちを述べて車から降りた。リーは車の中から「じゃあ」と手を挙げただけで、ボディーガードに車を動かすように合図をした。

私は彼の車が遠ざかって行くのを眺めていた。彼の方からも、私がずっと見送っているのを見てほしかった、私の感謝の気持ちを伝えるために。テールランプがだんだん小さくなり、左に曲がってふっと消えた。

ジーンズのポケットに突っ込んである携帯電話がかすかな振動と共に鳴り始めた。おそらくスティーブだろう。携帯電話を耳に当てながら部屋に入り、ベッドに腰を下ろした。

「キャメロン・ハイランドはどうだった?」

すかさずスティーブが聞いてきた。

「大変だった。車の具合がおかしくなって、今ちょうど帰ってきたところなんだ」

「えっ!　そうなの?　車がいったいどうなったわけ?」

「よくわからないんだけど、エンジンオイルが漏れちゃったみたい。それで煙が出ちゃってて一」

「車から煙?　だけど帰ってきたところからすると車は動いたんだね?」

「エンジンオイルがなくなっていたし、エンジンを壊すのは嫌だから、レッカー車で修理工場に運んでもらったのよ」

あの時、慌てふためいていた自分が蘇ってきて、それを説明するのに興奮していた。だからスティーブが沈黙しているのに気づかなかった。

「それでどうやって、帰ってきたの？」

あの辺はバスが走っていないのはスティーブも知っている。

何か嫌な方向に会話が行く感じがした。初めて会ったリーに声をかけられて、その車に乗って彼の別荘に行ったことや家まで送ってもらったことは、スティーブには言いたくなかった。スティーブに話すと何だかんだと問い詰めるのがわかっていたからだ。だけどここまで話して、とぼけることはできそうもない。どんな言い訳も不自然になるので私は成り行きに任せることにした。

「送ってもらって……」と私は小さな声で言った。

「送ってもらった？　誰に？」

「通りかかった車の人に……」

「それは女の人？」

「男の人……」

「男？　相手は一人？」

「二人……」

この一言がスティーブの理性の淵から感情をあふれさせた。

「二人？　見ず知らずの男二人の車に乗るなんて信じられないよ！　何かあったらどうするつもりなんだ！」

「つもりも何も……」

私は反発したい気持ちが生じてきた。だけどその気持ちを抑えた。

「そんなに変な人たちじゃなさそうだから乗ったの。車もベンツだったし……」

「ベンツだからって安心はできないよ！」

「それはそうだけど……私の直感と言うか……」

「その直感が危ないんだよ！」

これはもう何を言っても駄目だ。普段は大人しい彼が心配と嫉妬の渦の中に入ったら、自然にその渦が収まるまで待つしかない。

そんな彼の気持ちは私を心配してくれているのだと、最初の頃は嬉しかった。しかし、気が付いたのだが心配が私の周りに男がいる状況が許せない感情に変わるようなのだ。

彼はまだ電話の向こうで何かを言っている。それがちょっと途切れた時に、私はうんざりして言った。

「いいじゃないの。こうやって無事に帰ってきているのだから」

「そういう問題じゃない！　僕は君のことを心配して言っているんだ。車が故障したら僕に電話してくれればいいじゃないか！」

「はいはい、わかりました。じゃあ、今度私の車が故障したらよろしくね！」

もうこれ以上、話を続けたくなかった。

「森の中を歩いて疲れたの。早く眠りたいのでこれで電話を切るね」

後味の悪い電話だった。以前はこうじゃなかった。昔は電話の後も、しばらくは心が弾んでいた。

（いつからこうなったのだろう……）

悲しい気持ちになった。

私はシャワーを浴びて、この気分から逃れたかった。新しい下着を出してベッドに置いたまま、シャワー室のドアを押した。頭からシャワーを浴びながら、今日の出来事を思い出していた。何処までが本当なのかわからない、いろいろな出来事があった。

（あの別荘の暖炉の上にあった写真の女の人は誰だろう。なぜリーは自分の家でなく別荘に写真を置いているのかな）

それにしても、あの写真はあそこにぽつんと置かれて寂しそうだった。

頭をシャンプーした後、リンスをシャワーですすぎながら頭を上げた。シャワーを顔に受けて唇に当たる水滴がこそばゆい。

（スコールを顔に受けると、やはり同じような感触なんだろうか。トロピカル・レインフォーレストの森の中でスコールがきたら、その中に立ってみよう）

スコールの土砂降りの中で上を向いて雨を顔に受けながら、腕を左右に開いている自分を想像していた。

シャワーをいったん止めて、身体にボディソープを泡立てる。うなじから胸、脇の下から背中という順序で洗ってゆく。

ルームメイトが、私の胸を見たことがあって、「フェイって、いい胸をしてるね！」と言ったことがある。張りのある大きさで乳首は小さく淡い色をしている。高校生の時はそれが淡いピンク色だった。

（自分ではソープをつけて乳房を触ってもあまり感じないのに、男が触るとなぜ気持ちいいのだろう）

お腹から下の方へボディソープをつけて洗ってゆく。性器に指が触れた。上の方から徐々に下に指を入れてゆく。膣にも少し指を入れて洗う。最近は膣に指を入れると何だか感じるようになった。少しそうやっていたが、今日はいろいろなことがあって集中できない。

指を肛門の方にずらして、そこと性器の間も洗った。太ももから膝、ふくらはぎに移ってゆく。私が自分の体で一番好きなのは腿から膝、足首に滑らかに続く足だ。薄い滑らかな皮膚の下に骨があることを感じさせない。それでいて筋肉がしっかりついていて張りのある皮膚にかすかな光沢がある。高校生の時はテニス部にいてトーナメントにも出場したことがある。あの時に日焼けしてポッキー状態だと言われたところも今は消えた。

シャワーでボディソープを洗い流し終わった時、ふっと森の中で咲いていた蘭の花を思い出した。


髪と体をタオルで包み、シャワー室から部屋に戻ると、ベッドの上の携帯電話に着信を示す小さな光が点滅していた。スティーブからだったけれど、今日はもうこちらからかけ直す気が起きない。

携帯電話を机の上に置いて頭のタオルを解きながら、どっとベッドに倒れこんだ。

傍らにある下着に手を伸ばして、寝そべったまま腰を浮かせて下着を身に付けた。ルームメイトはいないので上には何も着けない。シーツをたぐり寄せると乳首にシーツが触った。

森の中で見た蘭が月の光の下で咲いている情景が瞼に浮かんだまま、深い眠りに落ちていった。

そして私は、あの暖炉の上にあった写真の女の人の夢を見た。

セピア色の写真

雨に烟るヒースロー空港のターミナルをゆっくりと離れる機体の窓側の席に私は座っていた。窓の外に広がるのは夜の空港の景色だ。ランウェイへ続く青や緑の誘導灯に沿って動いている。銀色の機体を照らす照明が水滴の付いた窓を冷たく照らしている。

今までリーに会うために、何度クアラルンプールとロンドンの間を飛んだことだろう。今度のフライトは会うためではなく、別れるためなのだ。リーがイポーにいることは電話で確かめてあった。しかし、このフライトで行くことは伝えていない。あらかじめ伝えるとクアラルンプールの空港まで迎えに来るだろう。そうするとイポーに向かう車の中で別れ話を切り出すことになるかも知れない。それは避けたかった。

＊

リーとはロンドン大学ロースクール修士課程で出会った。私は英国の旧植民地だった東南アジアの国の法体系が、どのようになっているかを研究していた。リーの方は父親からゆくゆく譲り受ける多くの企業を運営するために法律を勉強していた。

彼はゼミの学生の中では大人しく、いつも隅の席に座っていた。学生は何処の国から来ているかで態度に違いが出る。インドからは資産家の娘が、サウジアラビアからは王族の息子がいた。彼らは生まれながらに恐れを知らない。威張るわけではないが、その若さでどうしてそこまで自信を持てるのか不思議なくらい気位が高い。そして誰かが自分を助けてくれるのを当然のことと思っている。私は外国人には偏見は持たないが、彼らと話すと疲れるのだ。

リーはアジアから来ている留学生がそうであるように控えめであった。噂では彼はマレーシアの裕福な華僑の子息であると聞いていたが、彼の学生生活は質素だった。そういうところも彼に好感を持った理由の一つだった。

或る日、学生食堂で彼を見かけた。白いフォーマイカのテーブルでトレーを目の前に置いてスープを飲んでいた。

「ここ、座ってもいいかしら？」

彼はスープを口に運ぶ動作を一瞬止めて、上目遣いで私を見つめた。

「どうぞ、かまいません」

「どう？　ここのクラムチャウダーは」

彼はクラムチャウダーを飲み終わった口元をバーバリーのハンカチーフで拭いた。少し間をおいて、

「英国人のあなたには悪いが、この国の料理の味はひどい」

と言いにくそうに答えた。

普段、教室では自分の意見をあまり言わない彼しか知らなかったので、彼のはっきりした意見が新鮮だった。同時に私は英国人であるプライドが少し傷ついた。その気持ちを滲ませながら私は言った。

「そう？　じゃあ今度クラムチャウダーが美味しいと評判のお店に案内してあ

げる」

彼は私の目を見つめて微笑んだ。

数日後、私は約束どおりに彼をあるレストランに案内した。そこはそんなに高級な店ではないが、地元の人がよく行くところだ。

学生でも少し無理すれば行けるような店だった。彼はそこのクラムチャウダーはお世辞でなく本当に美味しいと言った。

「英国にも美味しいレストランがあるのですね」

「確かに英国の食事は不味いと言われているけれど、このような店もあるのよ」

私は、ちょっと面目が保てたことと彼が喜んでくれたことが嬉しかった。

勘定をする時に、リーは自分が払うと言ったが、私はそれを許さなかった。

「これは英国人のプライドがかかっていたのだから、私に払わせて！」

むきになって言った。彼は笑って、私が気の済むようにさせてくれた。

それをきっかけに授業のノートをお互いに貸し借りする間柄になり、図書館でよく一緒に勉強した。

或る日、私は夏休みにマレーシアを案内してくれるか尋ねた。私は夏休みを利用してマレーシアへ現地調査のため行きたかった。現地の法律運用の実態を調べて論文をまとめる目的があったのだ。

彼は快諾してくれた。

そして夏休みが迫った頃、彼は黙って航空券をそっと差し出した。それはロンドンからクアラルンプール往復のファーストクラスのオープンチケットだった。

彼と一緒にクアラルンプールの空港に着くと運転手付きの車が迎えに来ていた。その当時はまだマレーシアには南北を結ぶ高速道路は完成していなかった。四時間ぐらい車に揺られて彼の住むイポーに到着した。

熱帯の樹木におおわれた、ゆったりした雰囲気の街だった。マレー半島をタイからシンガポールを結ぶ縦貫鉄道もイポーを通っていた。イポー駅は錫の産地として発展していた往時の繁栄ぶりを偲ばせる。駅の近くにポログラウンドや植民地時代に建ったＦＭＳなど、その当時の建物が多く残っていた。その後背地はオールドタウンと呼ばれている地区だ。碁盤目状に道路が整備されて、一階が店舗で二階が住居となっているショップハウスという形式の街区が広がっている。

その街並みは外国人の私には物珍しく、イポーにいて退屈しなかった。

だが、リーは私が熱帯の気候で体調を崩すのではないかと心配していた。英国にいた時から私が頭痛をよく起こしていたことも知っていた。実はその頃、英国と違う熱帯の気候に体がまいり始めていたのだった。

リーの手配で現地の法律関係の視察はほぼ終えていた。論文をまとめるための資料整理が終わった頃、彼はキャメロン・ハイランドの別荘に移ることを私に提案した。この熱帯樹林におおわれたマレーシアに涼しいところがあることは予想していなかったが、キャメロン・ハイランドの地名は知っていた。タイのシルクで財を成したジム・トンプソンが謎の失踪をした避暑地であることを本で読んでいた。

「僕はその別荘に普段はほとんど行かないが、別荘の管理人夫婦が離れに住んで維持管理をしている」

リーは言った。

「普段使わないのに別荘の管理人を雇っているの？」

「うん、別荘というものはそうしなくてはいけない。そうしないと建物は傷むし、不法侵入者によって荒らされてしまうからね」

そう言えば大学時代に英国貴族の血をひく友人がいた。誘われて遊びに行ったヨークシャーの城館もそうだった。

私は子供の頃、山小屋を持つのが夢で、それを絵に描いて遊んでいたことを思い出した。

「私、小さい頃に山小屋が欲しいなといつも思っていた。その山小屋の窓から湖を眺める自分を想像していたの」

「今から行く別荘を君の山小屋だと思ってゆっくり滞在してほしい。君の山小屋のイメージと同じではないかも知れないけれどね」

彼は微笑んだ。

翌朝はよく晴れていた。

イポーからクアラルンプール方向に向かって走り、タパから徐々に山道を上がって行く。キャメロン・ハイランドの中腹タナラータまで曲がりくねった山道を車はギヤを一段落として上って行く。車の窓からすぐ下の谷底が見える。上から下りてくる車とすれ違うため何回も車が止まった。英国からはるばるやって来て、マレーシアのジャングルで崖下に落ちる自分を想像して、悲しくなった。

「イポーから直接、キャメロン・ハイランドへ行ける道路の建設計画があるのだけれど、まだ着工されていない。いつになるやら」

窓から後ろに流れる景色を見ながら物憂げに呟いた。車の中での会話も少なくなり、彼も黙って車の前を見つめている。その陰影のある横顔が知的な感じを私に与えた。

車は父親から譲られた古いベンツだった。乗り心地は悪くなかったが、何時間も車に揺られて疲れを感じ始めた頃、やっと彼の別荘に着いた。

この門の向こうに見える別荘は何だか見覚えがある気がした。私は何処かで、この別荘を既に見た記憶がある。

「どうしたの？」

　車から荷物を下ろしている彼が、立ち尽くして別荘を眺めている私に後ろから声をかけた。

「何だか、ここに以前来たことがあるような気がして」

　ちょっと彼は意外そうな顔をして私を見つめた。彼は多感な年頃の娘にありがちな世界に私がいるのだと思ったらしく、微笑んだだけだった。

　夕闇が迫りつつある居間に通され、使用人がカーテンを開けた。埃っぽいにおいが一瞬して、庭の向こうに熱帯雨林の山々が見える。空はもう強い光を失って淡いピンク色に染まっていた。この夕焼けの色は英国にはない。東南アジア特有の夕焼けの色だと思った。

　リーは私を寝室に案内した。

「ここが君の部屋だ。バスルームはこの横にある」

　ドアを開けてタオルなどがあるかをチェックするためバスルームの中を覗いた。

　私は小さな山小屋のような別荘を想像して、寝るのも彼と部屋が一緒かなと思っていたのでがっかりした。だから「あなたは何処で寝るの？」と不満そうに聞いた。

「ここにはゲストルームが三つある。一番奥が私の寝室だ。疲れただろうから少し休むといい。夕食の時にまたノックをするから」

そう言って、奥の自分の部屋に行ってしまった。


私は荷物を整理してから、もう一度居間へ一人で行ってみた。ピンク色だった空はブルーのインク色に染まっていた。部屋の中にも青い闇が忍び寄って、暖炉を青白く浮かび上がらせていた。

暖炉は淡いベージュの砂岩で造られていて、上は水平で壁から張り出した台のようになっていたが、上には何も置いていなかった。壁にも何も飾っていなくて、家具も革のソファがぽつんと置いてあるだけで居間を寂しいものにしている。英国人の壁を埋め尽くすように飾り付けるのに比べると感覚が違うようだ。

闇が深くなった部屋に一人でいると寒さが身に沁みこんできたので自分の部

屋に戻り、ベッドに仰向けに倒れこんだ。頭の後ろが柔らかくシーツに沈み込み、日向の匂いが立ち上がった。しばらくすると疲れの波が押し寄せてきて、私を眠りの海に誘い込んだ。

頭の片隅でコツコツと音が響いていた。それがノックの音だと気が付くのに、しばらく時間がかかった。

「う〜ん、は〜い……」とやっと答えたが、まだ頭が重かった。

「キャサリン、食事に行こうと思うのだけど、どう?」

ドアの外でリーが言った。

「じゃあ、三十分くれる?　用意するから」

「わかった。三十分後に居間で待っているから」

彼の気配が遠ざかっていった。

私は思い切ってベッドから起き上がりシャワーを浴びた。そしてスーツケースから新しい下着とワンピースを取り出して身に付けた。

食事をするところは彼の別荘から車で少し走った小高い丘の上にあった。スモークハウスというプチホテル・レストランだった。夜なのではっきりとはわからないが、英国風の煉瓦造りで田舎にあるような建物だ。壁には蔦が絡まり、その建物を囲むように周りはイングリッシュガーデンだ。庭先にもテーブルと椅子があるが昼間のアフタヌーンティーを楽しむためだろう。夜は寒いぐらいの涼しさなので外の庭には誰もいなかった。

彼が建物の中に私を案内して、テーブル席に着いた。

「いいところね！　マレーシアでなく英国にいるみたい」

「この建物はマレーシアが植民地だった頃、英国人がここに住んでいたんだよ。だから小さいけれど英国の雰囲気がよく残っている」

私は周りを見渡した。全体にアンバー色の室内で、真鍮製の電気スタンドが俯き加減に黄色い光を壁に放っている。調度品も小ぶりな英国調のもので統一されている。

「さて何を注文する？　ここではクラムチャウダー以外を試してみようよ」

リーは笑いながら、英国で最初に出会った頃に行ったレストランを思い出させた。彼はイギリスにいる時よりも落ち着いて堂々としている。ここの支配人とも顔なじみらしく簡単な挨拶を交わしていた。

「ここのビーフステーキは美味しいと思うのだけど、試してみる？」

「ええ、いいわ。サーロインステーキをミディアムレアで頼もうかしら」

「僕はフィレステーキをレアで」と私たちの前で白いエプロン姿で注文を待っているウエイターに言った。ウエイターはにっこりと微笑みながらオーダーを書き留めた。

「飲み物はどうする？　やっぱり赤ワインかな」

リーはワインリストを見ながらボルドーワインを選んだ。

運ばれてきたワインをテイスティングしてOKを出し、注がれたワインをちょっと持ち上げお互いの視線を合わせて飲んだ。そのワインは口の中にゆったりとクラシックな香りを残して喉の中に流れた。

「このワイン美味しいわ！　何と言うワインなの？」

「僕はワインについて詳しくはない。父がよく注文していたのを思い出して、頼んでみただけなんだ」

　と言って目を伏せた。

　私は彼のそういうところが好きなのだ。すぐにワインについてうんちくを長々と喋りだす男がいるが、私はそういうのは好きではないのだ。

　ステーキが運ばれてきた。美味しそうな匂いがたちこめた。私は彼に促されてナイフを入れた。ミディアムレアで頼んだはずだが、ミディアムの焼き加減だった。

　意外そうな私の表情にリーは気が付いた。

「こういう熱帯の国では生ものを食べる習慣があまりないので、どうしても火をよく通す調理法になるみたいだ。僕はレアで頼んだけれどミディアムレアの焼き加減だもの」

「へぇー、そうなの？　先に教えてくれればよかったじゃない。だけど、このステーキ美味しいわ。あなたの言ったように」

　マレーシアの山中のレストランで美味しいステーキが食べられることが意外だった。英国ではこれだけ美味しいステーキを食べられるところは少ないだろう。英国を遠く離れて熱帯雨林の異国でステーキを食べていることが楽しかった。

その夜、私たちはベッドで一緒に寝た。彼は遠慮ぎみに私を抱いた。私の体から衝動的気持ちが起きて私の方から強いキスを続けた。私は舌を入れて動かしながら強く吸った。彼の身体を私の両足が強く挟み私の下部を強く押し付けた時、私の中からあふれるものがあった。彼が入ってきた時、彼のものを締め付けてのけ反っている自分がいた。

翌日は快晴だった。高原には平地で感じる天気の空気とは違った空気の輝きがある。

彼と連れ立ってローズガーデンやお茶畑と紅茶に加工する工場などを見て回った。

高原野菜のマーケットも別荘の近くなので彼と連れ立って買い物に出かけた。二人で野菜を選び、山ほど買って戻ったら、別荘番のおばさんが笑ってそれを抱きかかえた。確かにその野菜の量は多すぎただろう。

　だけどそれを認めたくないので、「今夜は私がサラダを作るからね！」と言った。

「う〜ん、それは有難いが野菜ばかりだと物足りないから、管理人に頼んで鱒を手に入れてもらおう」

　彼は笑った。

　彼は予想外の器用さで鱒を調理してソテーを作った。私は別荘番のおばさんに手伝ってもらってサラダを二種類作った。熱帯の高原で採れる野菜は英国と同じ種類であっても香りと歯ごたえが違うと感じた。

　居間に続くダイニングルームで外の庭を眺めながら食事をした。外は夕闇が迫り、熱帯雨林の山々が紺色のシルエットを浮かび上がらせていた。それに重なるように大きな窓ガラスに食事をしている我々の様子が映っている。その私の顔は幸せそうな表情をしている。

　その夜も彼と同じベッドで過ごした。身体に何も着けないでいるとキャメロン・ハイランドの夜の寒さが体に伝わってきて、私は彼に抱きついた。中国人の男は体毛が薄くて肌がつるつるしている。彼の身体を股に挟んで抱きついていると、彼の温かい肌に自分の肌が吸い付くようで気持ちがよかった。そのまま私は快い眠りに落ちていった。

翌朝の月曜日にリーは会社の役員会議があると言って、朝早くイポーに戻って行った。

別荘に残った私は、この近くで案内板を見て興味のあったキャメロン・ハイランドのジャングル・トレッキングへ一人で行くことにした。別荘の管理人夫婦がサンドイッチと紅茶をポットに入れたものを用意して、トレッキングの出発地点まで車で送ってくれた。

「トロピカル・レインフォーレスト」と学校で習ったマレーシアの熱帯雨林の中に、今、自分はいる。

落ち葉が堆積した軟らかい道を歩いている。更に奥に入って行くと湿った森の匂いに浸されてゆく。緑色の空気が自分の身体の中に流れ込んで体内を浄化してくれるようだ。

向こうから英国から来たらしい中年夫婦と出会った。少し立ち止まって言葉を交わした。その時、ジャングルを背景に写真を撮ってくれた。彼らは三日後にシンガポールに移動するが、滞在中に現像プリントして送ってくれることになった。リーの名刺を持っていたので、その住所に送ってもらう約束をして別れた。

その先は誰とも出会わず、鬱蒼とした樹林の中を歩いて行く。見上げると葉っぱの折り重なった隙間から小さな空がチラチラ見えるだけで、ジャングルの中はぼんやりした明るさだ。しばらく歩き続けていると額が汗ばみ、汗のしずくが胸の間を落ちていった。心地いい疲労を少し感じて立ち止まった。すると、ふっと何処からかよい匂いが漂ってきた。

道を少し外れたところに樹海が切れて、遥か向こうの山並みが見える。そこへ誘い込まれるように歩いて行った。倒れた木の上に持たせてくれた雨具を敷いて腰を下ろした。

ポットの紅茶をカップに注ぎ、ゆっくりと喉に流し込んだ。

ふと見上げると大きな樹の枝の上に蘭が咲いているのだった。よい匂いはその蘭から発せられていたのだ。英国では野生の蘭を見かけることはない。それがすぐ目の前に咲いていい匂いをさせている。この蘭の香りを嗅いだだけでもマレーシアに来た価値がある。

私はこの香りを記憶に留めようと、深く深呼吸して目を閉じた。

寂しい綾香

鳥の鳴き声で目が覚めた。私はのろのろとベッドから起き上がりブラジャーを身に付けた。今日は故障した私のレディバードの話を聞きに、バグ屋のシンの店に行かなくてはいけない。腕を上にあげて思いっきり体を伸ばした。顔を洗って歯ブラシをくわえながら窓の外を見た。鳥はまだ木の上で忙しそうに体を動かしてさえずっている。

「昨夜は何だか変な夢を見たな……」と、こぶしで頭を軽く叩いた。

ルームメイトのバイクを借りてバグ屋のシンの店へ行った。木陰にバイクを停めてヘルメットのベルトを外していると、並んでいるバグの後ろからシンがニヤニヤしながら立ち上がった。私のレディバードはお尻を持ち上げられて申し訳なさそうにしている。

「エンジンは大丈夫。焼き付いていない。もう少しそのまま走っていたら、やばかったかも知れない」

「原因は何だったの？　本当に困ったんだから～」

「エンジンのバルブヘッドカバーのシールがいかれて、そこからエンジンオイルが漏れたのが原因だよ」

「そこは、この前エンジンを組み立てた時、新しくしたんじゃないの？」

「シールはまだ使えると思ってそのままにしていた。古いコルク製のオイルシールだった。やっぱり耐熱シールに変えておいた方がよかったかな。今回は安くしておくよ」

「でも、またこんなことがあると嫌だな」

「だったら、油温計を付けたらどう？」

「油温計？」

「フォルクスワーゲン・バグはエンジンオイルが命だから、オイルの状態を知ることが大切だ」

「その油温計って高いんじゃないの？」

「いや、部品代は高くないし、工賃もたいしたことはないっす」

いつものシンのペースに乗せられそうだ。彼はちょこちょこと修理で客からお金を引き出すのがうまい。

「考えておく。学生だからお金ないのよ。今回はオイルシールだけちゃんとやって」

「わかった。あんたのバグは夕方には直っているよ。都合のいい時に取りに来て」

車を持つと結構お金がかかるのは知ってはいた。親に頼めばお金を出してくれるのはわかっていたが、修理代ぐらいは自分で何とかしたかった。

だから、この学期休みを利用してホテルでアルバイトをする予定を立てた。今日の三時に面接のため、そのホテルに行くことになっていた。そこは街の中心にある、イポーでは知られた中華系のホテルだ。

ホテルのカウンターでアルバイトの面接に来たと告げた。受付のスタッフは客だと思って最大級の笑顔で私を見つめていたが、アルバイトの応募だと知った途端、笑みを引っ込めて顎でスタッフルームを指して行くように示した。

スタッフルームのドアを開けて中に入ったが、忙しそうにしているスタッフは誰もこちらを見ようともしない。

「あのー、アルバイトの募集を見てきたのですけど！」と大きな声を出した。その声が結構響いて、みんながいっせいに私の方を振り向いた。そのうちの一人が奥の方にいる人を呼んだ。細面の中国人が上着に腕を通しながら、こちらにやって来た。

「君、結構声が通るんだね。電話で連絡くれたフェイヤン・ホーだね。こちらの部屋にどうぞ」

とガラス張りの部屋に入るように言った。髪の毛をオールバックになでつけて清潔な感じを与える。滑らかな細い指で名刺を出して、レストラン宴会担当の支配人だと名乗った。

「君、言葉の方はどうなの？」

「はい。英語と広東語、そしてマレー語は当然ですが喋れます。北京語も父親が話すのである程度できます」

これは私だけでなくマレーシアの中華系は大体この三か国語を話す。話すことができないと仕事の選択範囲がずっと狭くなる。

「英語はどの程度できます？」

「中学、高校がミッション系で授業が英語だったので、ほとんどの会話は問題ないと思います」

彼は満足そうに頷いて、

「レセプション・カウンターの補助スタッフをやってもらってもいいが、それにはコンピューターの端末を操作するのに慣れなくてはいけない。すぐにでもできるのはロビーラウンジで飲み物や軽食を出したりする仕事だ」

と言った。私は修理代程度になればよいと考えていたので、「その仕事でいいです」とすぐ答えた。

「君は確かポリテクニックの学生だったね。学生証をコピーさせてもらえるかな。明日から来てもいいよ」

とあっさり採用が決まった。彼はロビーラウンジの担当者を呼んで私を紹介した。

「明日から来てもらうことになったフェイヤンだ」

「じゃあ、後は担当者に聞いてやってね」と手を差し出し、柔らかい握手をして行ってしまった。手はちょっと、ひんやりしていたが、彼は同じ中国系のせいか、それとなく私に優しかった。

ラウンジの担当者はインド系の女性で化粧が濃い。褐色の指に金の指輪が光っている。確かにマレー系やインド系の褐色の肌色には金色がよく似合う。

「ここのラウンジは午前九時からと午後五時からの二交代シフトでやっているのだけど、昼間と夜とどちらがいいの？」

「昼間のシフトがいいです」

「ちょうどよかった。昼間は仕事を持っていて、アルバイトで夜のシフトを希望する人が多いけど昼間は少ないのよね。昼間のシフトでホテル学校の実習生が来ているのだけど、マレー語ができないので困っていたところなの。彼女とうまく連携をとってやってね」

「はあ。でもその人、マレー語ができないってどうしてですか？」

マレーシアでマレー語ができないとは義務教育を受けていないことになる。

「日本人なのよ。何でこんなところにいるのかよくわからないんだけど」

彼女はその日本人の実習生が扱いにくいらしい。

「ちょっと更衣室に来て。ラウンジスタッフ用の制服があるので、今日はサイズ合わせをしておいて。明日は合ったサイズを用意しておくから、明日からそれを着て下さい」

その制服のデザインと色は悪くなかった。しかし、短めのスカートのスリットがいやに深い。

「このスリット、いやに深いですね」

担当者は笑って、

「ボスの趣味なのよ。ラウンジの女子スタッフにこれを着せるのが」

「ボスって、さっきの人ですか」

「違うの。さっきの彼は紳士よ。このホテルの総支配人の趣味なの。私はこれをはいて似合う歳でなくなったと総支配人に言われたけれどね」

歳と言うよりも、このスカートのスリットから見せるには、彼女の脚は太すぎる。

バイクのハンドルを握りながらシェアハウスに戻る途中にふと、あの制服を着た私をスティーブが見たら、きっと怒るだろうなと想像したら溜め息が出た。

翌朝、八時半にホテルの更衣室に入った。昨日サイズを合わせていた新しい制服がロッカーに入っていた。まず髪をアップにして制服に腕をとおす。身体にぴったりだった。生地は肌触りがよくないが慣れるだろう。

ジーンズを脱いでスカートをはく。

学校では素足を出すスカートは禁止されているので、久しぶりにスカートをはく自分が新鮮だ。ポリテクニックには服装規程があり、中国系女子学生はジーンズのようなロングパンツ姿だ。マレー系女子学生はジーンズもはくが民族衣装のバジュクロンにトドンというスカーフで髪を覆っている。

腰のジッパーを上げて鏡のあるところで自分を眺めた。腰のラインが両側にゆるく曲線を描いて女を感じさせる。腰を左右に捻って腕を頭の後ろに上げてポーズをつくっていると、後ろでクスクス笑う声が聞こえた。振り返ると若い女の子がニコニコしながらこちらを見て言った。

「あなたって、後ろから見ると結構エロいよ。特に後ろのスリットから見える脚なんて、あたしから見てもいやらしいんだから」

私は初対面の女の子にそう言われたので言葉に詰まっていると、

「それにしても、格好いい脚をしているね。特に膝が滑らかでいい！」

その女の子は言った。

その子をあらためて見ると同じ制服を着て、彼女もいいスタイルをしている。中国人より腰にボリュームがあって中国人とは違う白い肌をしている。まだ二十歳前に違いないが、女の私から見てもなかなか可愛い。

その女の子が「ほら、見てごらんよ」と言って後ろを向いた。彼女のスカートのスリットから白い膝の裏側の上まで見えてエロティックだ。

「あなただってすごくいやらしいわよ」

と私は言った。そしてお互い顔を見つめて、笑い転げた。

「私はフェイヤン。あなたは？」

「私は綾香。このホテルが経営しているホテル学校を知っている？　そこの学生で実習中なんだ」

「聞いていたけど、あなたが日本人の実習生ね？　私はアルバイトで一ヶ月しかいないいけどよろしくね！」

私は日本人と話すのは初めてだ。しかし建築雑誌では日本人の建築家の作品をよく見かけるし、日本の建築デザインはマレーシアの学生の間で人気がある。クアラルンプール空港も日本人の建築家が設計した。私は日本人の建築家にすごく興味があっていろいろ聞きたかった。

「私、ポリテクで建築を専攻しているんだけど、アンドー・タダオって知らない？」

「アンドー・タダオ？　誰それ」

「日本の有名な建築家よ！　マレーシアでも超有名なんだけど……」

「アンドー・タダオ？　……知らないな。あたし、自分の興味あること以外はあまり知らないんだ」

私はがっかりした。これだけ国際的に有名な建築家を日本人が知らないなんて一体どうなっているんだ。私の落胆した様子に気が付いて、

「ごめん、ごめん。今度調べとくからさ、ラウンジへ行こう！」

なぜか私をあやすように肩を軽く叩いた。彼女が調べるというのは絶望的なような気がしたが、彼女に従ってラウンジに行った。

仕事は初めてであっても難しいことはなかった。客の注文を聞いて、笑顔でそれを客の前に丁寧に運ぶ。

時々、後ろに視線を感じることはあったが、ここはイスラム色の強い国だ。客たちは露骨な視線で女を見る素振りは見せない。

「私ね、英語はまあまあ喋れるんだけど、広東語とマレー語は全然駄目なんだ」

綾香は舌を出した。綾香は英語が喋れそうな客が来ると注文を取りに行き、そうではなさそうだと「私の代わりに行ってくれ」と頼む。

彼女の客を見る目はなかなか鋭くて、彼女が英語を話すに違いないとにらんだ客は、みんな英語を話した。

「どうしてわかるの？」

「靴かな」

「靴？　それと英語がどういう関係？」

「あたしもわかんないい。だけど靴下と靴を履いている人は英語を喋るみたいなー。ふふ」

　ここマレーシアは熱帯の国だ。ホテルロビーでもサンダル履きの客が多い。綾香がラウンジで靴を履いている客を見分けているとは気が付かなかった。

「あんたって面白いね。そんなところ見ているとは知らなかった」

「だって私、ホテル学科の学生だよ。お客さんを観察するのが基本じゃん」

　そう言われてみれば、確かにそうだ。綾香は彼女なりの視点を持ってラウンジで実習している。それに比べて自分は車の修理代を稼げればいいと、気楽な気持ちでこのラウンジにいる。どの仕事であっても必要な視点があるのだと気が付いた。

　それを気づかせた綾香に私は興味を持った。なぜ日本人の彼女が一人でイポーにいるのか、不思議な気がした。だけどそれを彼女に尋ねるのはやめた。もっと親しくなってから聞いた方が、本当の理由が聞ける気がした。

ホテルのアルバイトが二週間ほど過ぎた頃、ラウンジロビーの雰囲気が、ちょっとおかしくなった。綾香の接客態度がよすぎるというか、愛嬌があり過ぎるのだ。もともと肌が白くて可愛い彼女がいかにも優しく微笑むものだから、明らかに彼女目当ての若い男が頻繁に現れるようになった。そのうち綾香に話しかけて、それが次第に長くなっていった。彼女もまんざらではないらしく、トレーを胸に抱えて嬉しそうに頷いて相槌を打っている。最初は大目に見ていたロビーラウンジの責任者が綾香に注意をした。

綾香としては、精一杯接客していたのに注意を受けたことが納得できないようだった。それからはロビーラウンジで彼女の笑顔が消えた。彼女目当ての若い男もラウンジに来なくなった。

しばらくして気が付いたが、綾香の仕事の終わる頃、その若い男がバイクで彼女を迎えに来るようになった。綾香はその男と付き合うようになったらしい。私なら絶対付き合わない遊び人タイプのチャイニーズボーイだ。

シフトの時間がきて更衣室で二人になった時、

「ねえ。あの男はちょっと、よした方がいいんじゃない？」

私はそれとなく言った。彼女は私の忠告に気を悪くした様子もなく、少し間をおいて「私、寂しいの」とポツリと言った。

「寂しいって？」

「だって、私まだ十八歳だし、日本を離れて一人でいると、無性に寂しくなるんだ」

「なぜ、日本からこの街にやって来たの？」

「インターネットでイポーにホテル学校があるのを知って……」

「日本でホテル学校に行ってもよかったんじゃないの」

「だけど私……日本を離れたかった……」

「どうして？　日本はいい国じゃない。みんな憧れているよ」

「それは、そうかも知れないけれど……」

彼女の声がだんだん小さくなってゆく。これ以上聞いていいものか、私は躊躇した。聞いたところで私の理解できる理由ではないかも知れない。その沈黙が会話に区切りをつけさせた。

「私のこと心配してくれてありがとう」
綾香は私に軽く抱きついて目を伏せた。まつげが白い頬に蒼い翳を落としていた。その抱擁は彼女を問い詰めないことへの返礼だと感じた。

その日から綾香と私は、もっと心が通じ合えるようになった。シフトが終わると一緒にパークソン・グランデやジャヤ・ジャスコに買い物に行ったりした。綾香は高くないものの中から似合うものをうまく見つけ出す。中国人の感覚とは違っていたが、彼女の大人っぽい感覚にはいつも感心した。

私はアルバイト期限の一ヶ月がきて、アルバイトを辞めることになった。ラウンジの責任者と飲食部門のマネージャーは、もっと続けてやらないかと言ったが、私は学校の課題の勉強もしたかったし、スティーブのいるクアラルンプールにも行かなくてはならなかった。
綾香は私がアルバイトを辞める日に、「寂しくなる」と涙ぐんだ。

別れを月が照らしていた

それから三日後、私は長距離バス、プラスライナーでクアラルンプールに向かった。プラスライナーは猛烈なスピードで走り、二時間半でブドゥラヤのバス・ターミナルに到着した。いつものように人とタバコの煙でごった返す中をすり抜けてLRTに乗り換えた。

スティーブはイポーまで迎えに来ると言っていたが、「いいよ。私、高速バスで行くから」と断った。

KLCCの一階にあるカフェテラス、ドームで広場が見える席に私たちは座っていた。彼はコーヒー、私はダージリンティーを注文した。

スティーブは私のキャメロン・ハイランドでの出来事と、それからすぐ私がクアラルンプールに来なくて一ヶ月もイポーでアルバイトをしていたのが気に入らない様子だった。

「どうして、すぐクアラルンプールに来てくれなかったの？」

「だから、話したじゃない。車が故障して、修理代を稼がなくちゃいけなかったのよ」

本当はそれだけが理由ではなかった。

車はエンジンヘッド・カバーのオイルシールだけだったので、一ヶ月もアルバイトをする必要がなかった。私は学期休みにずっとスティーブと過ごす自信がなかったのだ。

「そんな修理代、僕がなんとかしたのに」

「あなただってまだ学生だし、私の車にお金を出してもらうわけにはいかないわ」

スティーブの好意はわかっていた。ただ自分の率直な気持ちを伝えたつもりだった。しかし、そう答えた私にスティーブは気を悪くした。

「前はもっと僕を頼ってくれたのに、最近なんか変だな。別の彼氏でもできたの？」

またいつもの癖が始まった。これさえなければスティーブはなかなかよい男なのだ。これまではスティーブに言われると、私は必死になってそんな彼はいないと弁解した。その私の困った様子を見て、スティーブは安心するのが常だった。

しかし、私はそんな状況を何回も繰り返している自分にうんざりしていた。自分でも思いがけない言葉が出た。

「もし、私に別の彼氏ができたら、あなたはどうする？」

こんなことを私が言ったのは初めてだった。スティーブの動作が一瞬止まり、眼鏡の奥の瞳が大きく開かれた。

「きっ、君！　僕以外の彼氏ができたって⁉」

スティーブは慌てた。さっきまであれほど余裕を持って私に話していたのに。私が今までのように、何か悪いことをした子供のように弁解するのを期待していたとすると、なんと気の小さい男なのだ。

そこにコーヒーと紅茶が運ばれてきた。ウエイトレスは我々の会話の雰囲気が変なのに気が付いたらしい。我々の顔を交互に眺めてコーヒーと紅茶を置いたら、そそくさと行ってしまった。二人の間に湯気がゆっくり立ち上がり、その場の雰囲気を柔らかいものにした。

私はテーブルのシュガーポットから薄茶色のペルーシュの小粒を一つ摘んで、スティーブのコーヒーカップに入れた。スティーブの砂糖の好みを知っているのは私だけだという気持ちを込めていた。ペルーシュが小さな泡を立てて沈んだコーヒーカップをスティーブは目を伏せて少しの間眺めていた。そして手を伸ばしてコーヒーを口に運ぼうとしたが、手が小刻みに震えていた。

私の一言がスティーブに与えた大きさに私は驚いたが、同時にその言葉にこれほど慌てるスティーブに失望した。私の思わせぶりな一言にニヤッと笑って、「君の魅力に惹かれる男は大勢いるが、いちいち気にするな！」と言ってくれれば、私の他愛ない嘘もすぐばれたのに……。

ところがスティーブは本当に私を疑い始めたのだ。何気なく発した言葉がもう止められない方向に我々を運んで行く。コーヒーを口に運んでいたスティーブが口を開いた。

「やっぱりね、道理で電話をそちらからくれなくなったんだ……」

そう言われれば、彼が疑う理由もあることに気が付いた。しかし、それを説明する気が起きない。そして、私の心の中からスティーブに対する気持ちが少しずつ消えていく。

「私たち、別れる？」

その言葉が私の口から呟きのように出た。

その夜、私はイポーに向かう高速バスに一人乗っていた。本当ならスティーブのアパートメントに泊まって、一週間ぐらいは彼と過ごすつもりでクアラルンプールに来たのだった。それなのに今は一人でバスに乗っている。

しかし、これは自分が言い出したことで、こうなることもわかっていた。悲しいとは思っていないのに喪失感がこみ上げてくる。

バスは高速道路を北に向かってエンジン音を響かせて走っている。雲一つない夜空に満月が出てバスを照らしている。高速道路の両側に広がるパーム椰子のプランテーションも昼間のようにくっきりと見える。窓ガラスに自分の顔が映っている。悲しくはないのに涙が止まらない私の顔を満月が照らしていた。

　次の日、私はレディバードを運転してタイピンの実家に戻った。イポーからは上り勾配の高速道路を北に一時間ぐらい走ればタイピンの出口がある。そこから二十分ぐらい走ると市街地に入る。イポーが栄える前はタイピンがこの州の中心地だった。今は寂れて人は少ないが、格子状の道路で区画された落ち着いた街だ。

　私がスティーブと別れたことを母に話した時、母は何も言わなかったが落胆した。しばらくは母も元気をなくして言葉数が少なくなった。スティーブはなかなかハンサムだったし、中国系マレーシア人でマラヤ大学に進学できるのは限られた秀才だけだ。そんな彼を娘の相手として母は気に入っていた。

　父は私とスティーブが別れたことを母から聞いて知っているはずだが、それには触れず、「お前のフォルクスワーゲンの調子はどうだ？」と私の車を話題にした。父親の娘に対する優しい気持ちを知った。

「この前、キャメロン・ハイランドに行った時に大変だったのよ！　エンジンヘッド・カバーのシールからオイルが漏れちゃってー。気が付かないとエンジンが駄目になるところだったの」

「お父さんの乗っていたビートルも、あそこからよくオイルが漏れたよ。あの頃のオイルシールはコルクだったし、よく漏れたな。お前、用心のために油温計を付けたらどうだ」

「お父さんも付けていたの？」

シンが言っていたのを思い出しながら聞いた。

「いや、付けたいと思いながら、あの頃は金がなくてな。オイル漏れでオーバーヒートしてエンジンを駄目にした」

「その油温計ってお金かかるの？」

「いや、そんな高いものではないよ。なんなら、お父さんがお金を出してもいい」

父親と車についてこんな話ができて楽しいと思った。父親は娘の気持ちが落ち込んでいるのを知っていた。車の話をすることで娘の気持ちを和らげようと、彼は考えたに違いない。

「お金は大丈夫。ほら、アルバイトしたお金があるから」

「そうか。しかし、お父さんも言い出した手前があるから、これを足しにしなさい」

そう言って200リンギをお小遣いとしてくれた。

私は新学期が始まる前に、車をシンのところに持ち込んで油温計とエンジンの回転計を付けてもらうことにした。オリジナルのバグには速度計と燃料計しか付いていない。

しかし、エンジン回転計が加わったことで、シンは300リンギの見積もりを出してきた。シンはなかなかの商売人なのだ。学生だからといって安くはしてくれない。

値段交渉している時、彼が私のポロシャツを突き上げている胸をチラチラ見ていることに気が付いた。彼は私の胸に興味があるらしい。私は、彼の正面でエンジンを覗き込むようにかがみこむ姿勢をとった。そうするとポロシャツの前ボタンの奥に乳房の谷間が見えることを私は知っていた。沈黙している彼の視線を感じたところで顔を上げたら、彼と目が合った。

「私の胸を見ていたでしょう？」と私は微笑みながら言った。彼は慌てて視線をそらしたが明らかに動揺していた。

「見ていたことに文句は言わないわ。だけど、油温計と回転計を２５０リンギで付けてね」

彼の顔を見つめて笑いながら言った。

「まいったなー」と彼は目を伏せてしぶしぶ私の要求をのんだ。

今までこういうことをしたことはなかったが、意外な効果があることを知った。

新任講師

長い学期休みが終わって新学期が始まった。新しい学期は私にとって重要な意味を持っている。この学期の設計課題で良い点数を取り、オーストラリアに留学するための成績表を手に入れるのが目標だ。一般科目では既に良い評価を得ているが、専門科目の設計課題で一歩たりないのだ。自分では一生懸命やっているのだが、講師たちの評価が思ったほど良くない。提出するまでは自分ではよいデザインができたと思うのだが、クラスメイトの作品を見ると自分よりよいデザインが沢山あるのを知って愕然とする。前期の設計課題の成績はCプラスだった。

仲のよいファンはAの評価を得ていた。悔しかったが、彼女のデザインは私のよりよかったことは素直に認めざるを得ない。

今日は最初の設計課題授業の日だ。

教室に入って久しぶりにクラスメイトに会った。前学期と服装やヘアスタイルが変わっている女子学生が何人かいる。マレー系女子学生はバジュクロンやスカーフが新しくなって、新学期の雰囲気が教室に漂っている。クラスメイトたちは楽しそうに休み中の出来事について喋っている。

講師たちが入ってきた。今学期の設計課題は複数の講師が指導する。四人の講師の中に初めて見る顔があった。この講師はチュンという名前だと学科長が彼を紹介した。彼は期間が限られている客員講師で、「しばらくこのポリテクニックで教えることになった」と自己紹介した。

最初の課題は「イポー市街地のショップハウス街区を調査して、その寂れた地区に適切な提案をする」という内容だ。

第一段階の街区調査はグループでやって、提案はそれぞれの個人作業になる。グループ分けは学生たちにまかされた。自然に中国系学生同士が固まる傾向があるが、マレー系と中国系の仲が悪いということではない。グループで集団活動する時、食事が違うことやマレー系はお祈りの時間があったりして、行動が別になってしまうのだ。

今回の課題は、最終的に提案するものも学生に任されているだけに難しい。調査の結果を分析して自分なりに考えたものを提案しなくてはいけない。いつもは決められたものを設計するのだが、こういう課題は初めてだった。新しく来た客員講師のチュンが今学期の課題設定を提案して、他の講師たちが賛成したということが聞こえてきた。

私のグループには仲のよいファンもいる。明日の設計課題授業時間にグループで市中に出て調査をすることになった。久しぶりに級友と一緒に街中を歩くのは楽しい。

イポーの市街地の中でオールドタウンと呼ばれるところは、一九二〇年頃建設されたショップハウスの町並みが多く残っている。ショップハウスは表通りに面して一階に回廊があって、それが隣同士連続している。一階がお店で二階は住居という構成だが、今の商店主たちは他の場所に住居を構えている。調査した時に中を見せてもらったが二階は空き室か倉庫になっていた。

現在、ショップハウスの人気がないのは、車社会になっているのに駐車場が作れないので客が来なくなってしまったことが原因だと言われている。ショップハウスは間口が狭く奥行きが深い。壁を隣と共有しているので、自分のところだけ好きに建て替えるわけにはいかないし、保存地区としての規制もある。それで商店主は別の場所に店を構えることになり、今はショップハウスの空き家が増えていた。

市役所にインタビューに行くと建築課の課長が応対してくれた。

「私たちはポリテクニックの建築学科の学生ですが、オールドタウンの調査をしているところです。市の方としてはショップハウスに対してどういう方針なんでしょうか？」

「うん。ショップハウスはイポーの歴史そのものなので、できるだけ保存したいと考えている。君たち若い人が興味を持ってくれて嬉しいです。ショップハウスの町並み調査の報告書も沢山あるのですが……」

そう言って何冊かの報告書を見せてくれた。

「私たちが調査したところ、空き家になっているところが多かったのですが……」

と私は聞いた。

「それが問題なのです。イポー市としてはショップハウスを活かしながら町並みを保存したい方針ですが、空き家が多くなって街区全体が寂れた感じになってしまった。市としてはショップハウス街区を保存しながら活性化するよいアイデアがあればと考えていますが、それが難しいのです」

「私たちの課題はショップハウスの調査をふまえて、そこに新しいアイデアを提案するものなんです」

ファンが可愛い声で言った。

「ほう、それはぜひともよいアイデアを考えてもらいたいものです。課題が終わったら、ぜひ君たちの話を聞かせてくれませんか。市としても参考にしたいと思います」

「その課題発表の時には、ぜひ学校にも来て下さい」

ファンはそつなく言って課長の名刺をもらった。


課題としては面白い、と私は思った。単に架空の設定で建物を設計するのではなく、現実に抱えている問題に解決案を与えるというリアルさに私は興奮した。グループの皆も同じように面白いと感じている。

「今度の課題は難しいけれど、何だか面白そうだよね」とファンが言った。

「確かに、今までこんな課題はなかった。好きにデザインするような課題が多かった」とジンが答えた。


ショップハウスの構造はレンガによる壁構造だ。それに床と屋根を木造で架構して、屋根の材料は瓦である。基本的には二階建てで、採光と換気のため吹き抜けがあるタイプもある。外観はレンガの上をプラスターで白く仕上げをして、木製のガラリ窓が緑や青に塗られている。

これらのファサードが連続して街並みを形成しているのだが、修理されないまま放置されているところもある。それが寂れた雰囲気を漂わせていた。

ファサードのオーナメントも調査図面に再現した。

ショップハウスで営業しているお店にインタビューしてショップハウスの問題点を聞きだす作業は、愛嬌のあるファンがうってつけだと彼女が担当した。

作業内容は大変だったが、普段気にも留めていなかったショップハウスを見直すことが面白くて、みんなの作業もはかどった。


グループ発表の日がきた。どのグループも調査した地区は異なっているが、作業内容は大体同じなので似たような発表内容になっている。

学生の発表を聞き終えた新しい講師のチュンが言った。

「現状の状況は君たちの調査発表でわかったけれど、そこで君たちが考えたり感じたりしたことは何だろうね。それに触れたグループはなかったように思うんだが」

そう言われればプレゼンテーション用の資料を揃えるのに追われて、グループ内で話し合うことがなかった。

「それについて何か話すことができるグループはあるかな？　グループとして意見がまとまっていなければ個人的な意見でもかまわないけれど……」

我々の返答を促したが、みんな黙っている。

私は何か喋りたい衝動に駆られた。具体的に考えがまとまっているのではなかったけれど、この講師の問いかけに答えてみたいと思った。

「あのー……まだ考えがまとまっているわけではないですが、調査した時、ショップハウス街区の一部を壊してガラスの四角い近代的な建物に建て替わっているところがありました。そこだけ違和感がある感じで街並みの統一感が崩れていました。しかし、いつまでも古いままの建物では新しい時代の要求に合わない面もあるので、これは難しい問題だと思いました」

自分でも話し終わってから、なんて当たり前のことを言ってしまったのだろうと、自分がいやになって顔が赤らむのを感じた。

講師たちは静かに私の話を聞いていた。チュン先生は何だか優しい表情で聞いて、学生の未熟な意見を温かく包み込む感じがした。

「そうですね。新しいものと伝統歴史というものが、建築の世界でもどう調和し、また対立しながら共存するか、というのは永遠の課題です。それが街並みとしてうまく調和している例が、オーストリアのウィーンという都市に見られます。今日はそのウィーンの街並みをスライドで皆さんにお見せしましょう」

ヨーロッパの古典建築で構成されているウィーンの街並みを見るのは初めてだった。

中心街の表通りに面する一階はほとんどが店舗だが、ガラスを使った新しいファサードが街並みをぜんぜん壊していない。圧倒的な古典的街並みの中で近代的デザインがうまくはめ込まれて、それが調和なのか対立的共存なのかわからないが、ともかく違和感がない。人を引きつける魅力をそれぞれの店舗のファサードが主張しているのに、街並みとして調和しているのに感動せざるを得ない。アジアのマレーシアとヨーロッパという文化的違いがあるにせよ魅力的だった。

私の発言内容は平凡だったが、このスライドに見られる街並みと話が繋がってくれたので救われた気持ちになった。

「来週は個人作業の段階になるので、それぞれの考えとスケッチを見せるように」

建築学課長のロスディアが言って、その日の授業は終わった。

その日から課題提出までの日々を私は夜遅くまで作業するのだ。ルームメイトのタンは経理学科なので、レポート提出以外は課題に追われることはない。

「フェイ、また始まったねー」

「そうなんだ。やっている時はつらいと思うのだけど、これが楽しいのだな〜」

「そうみたいね。私にはよくわからないけど……お先におやすみー」

自分の部屋の寝室のドアをゆっくり閉めた。

深夜の十二時。二時ぐらいまでに課題の考えをまとめなければならない。グループ作業した資料は目の前に散乱している。

それらの平面図や立面図を何回も眺めるのだが何も考えが湧いてこない。トレーシングペーパーに鉛筆でスケッチするのだが考えがまとまらず、紙の上を鉛筆の線が繰り返されるだけだ。その線が何かに向かって収束してゆけば、デザインの手がかりになるのだが、まだその気配すらない。私は製図用ホルダーを放り出して髪の毛をかきむしった。

　気分転換に建築雑誌を読んでいると、二時になってしまった。明日は午前中に構造と技術英語の授業があるので、もう寝なくてはいけない。ベッドに入ってからも頭が何かを追いかけているようで眠れない。

　照明を消した後は一瞬暗闇に包まれたが、徐々に目が慣れて、カーテンの隙間から差し込む外灯の明かりで部屋の中が薄く浮かび上がってきた。

「そういえば、スティーブはどうしているかな」

　唇が自然に呟いていた。

　あれから一回スティーブから電話があった。その電話では何事もなかったようにお互いの近況を語り合った。クアラルンプールでの出来事が嘘のように感じられて、私たちは別れたのかさえはっきりしなかった。お互い相手の気持ちを探るように何事もなかったように話したが、気持ちは冷めたままだった。以前のように話せば話すほど気持ちが高ぶってくる、あの幸せな感情は何処へ行ってしまったのだろう。そういうことが、やはり彼と別れたということなのか。

電話ではしばらく彼の話を聞いていたが、自分から「さようなら」と電話を切った。

そんなことが頭の中をよぎるのを感じながら、私は眠りの園に誘われていった。

翌朝はいつものように鳥の声で目が覚めてベッドから飛び起きた。

シャワーを浴びながら、チュン先生に話を聞きに行こうと思いついた。新しい先生がどんな考え方をしているのか興味があった。

学生は試験や課題で学習能力や努力した結果を評価される。しかし、双方的に講師たちも学生側から評価されているのだった。ここマレーシアでは先生に対する尊敬の気持ちは強い。しかし、教室ではすぐ講師たちの噂話が広がる。あからさまに講師の悪口を言うわけではないが、学生による講師の評価も決まるのだ。

技術英語の授業は中国系の講師によって教えられている。マレー系講師が多い中で数少ない中国系講師だ。彼女は非常に熱心で教え方も上手なので学生の受けがよい。

　午前中で技術英語と建築構造の授業が終わった。学生食堂でクラスメイトと軽く食事をしてから、午後に講師たちの部屋へ行くことにした。

　見渡したところチュン先生はいなかった。机の上に読みかけの本がページを開いたまま伏せてあった。何か哲学書のようだ。

「すみません。チュン先生はいらっしゃいませんか?」と近くにいる講師に尋ねた。

「チュン先生はセメスター5の授業だよ」

「そうですか。ありがとうございました」

　私は礼を言って講師部屋を出た。セメスター5の授業は去年受けていたので終わる時間はわかる。

　キャンパスの中には多くの熱帯性樹木が繁っている。大きな樹木の下にテーブルと椅子が置かれて学生たちがお喋りできるようになっているところがある。今日の午後は誰もいなくて静かだ。そこに座ってチュン先生を待つことにした。先生は授業が終わった後、講師室に戻るためにこの場所を通ると予想した。

課題について質問するにしても、何かスケッチを用意しなくてはいけないと思い立ち、昨夜までやっていたスケッチブックを取り出した。

（これでは駄目だ。何とかしないと！）

焦りながらスケッチに没頭し始めた。

しばらくするとイメージらしきものが出てきて、それが面白くて我を忘れた。

ふっと紙の上が暗くなり、人の気配を感じてスケッチブックから顔を上げた。チュン先生が私を見下ろしていた。

「あっ、先生！　私、先生を待っていたんです」

どぎまぎしながら言った。

「そう。じゃあこれから講師室に来ますか？　そこで話を聞きましょう」

と先に歩き始めた。

他の講師たちと同じ大部屋だが、チュン先生のところはガラスで仕切られている。このように個室的な部屋にいる講師は学校内で特別の待遇を受けていると聞いたことがある。


「どうぞ、そこに腰をかけて下さい」

と椅子を勧めながら先生は机の上の本を片付け始めた。英語で書かれたデコンについての本や日本の建築の本もある。私は椅子に座って先生が片付けるのをしばらく眺めていた。

「さて、今日は何を聞きたいのかな?」と私の方を向いて尋ねた。私は慌ててスケッチブックを机の上に広げた。

「先生、まだ考えがまとまらなくて、こんなスケッチしかないのですが……」

と遠慮がちにスケッチの説明をした。それを聞いていた先生はしばらくして口を開いた。

「君は形から入ろうとしているね。だけどあの街区で何を設計すべきかを考えて、その理由をコンセプトとして課題を進めないと行きづまると思います」

私のスケッチを見ただけで私の状況を言い当てている。確かに私はあのショップハウス街区をどうすべきかという考えが未だまとまっていない。

「あの街区をどうすればよいのでしょうか？」

私はうろたえて言った。言ってから、しまった、と思った。それを考えるのが課題だと言われていた。

しばらく沈黙が流れて、先生は私を見つめて静かに言った。

「それは自分で考えることです。そのために街区を自分たちで調査したのだから」

言われて、もっともな指摘だったので、自分が情けなくなった。

「すみません。今度はちゃんと自分の考えをまとめてきます。また話を聞いて下さい」

「ええ、いいですよ。いつでも来て下さい」とチュン先生は優しく言った。

私の質問はあっけなく終わり、自分の質問を思い返して、恥ずかしさでいっぱいになると同時に落胆した。

その夜は自分の部屋で考えることに集中した。ショップハウスの街区はその名が示すように、商店街だった。今でも商店は残っているが人通りは少なく、閉店してしまったところもある。新しいトレンドで人を引きつける商業地区にしたら街が生き返るのではないかと閃いた。例えばファッションタウンとして流行の先端を行くブティック街とする。ショーウィンドウの連続した店をショップハウスの回廊を活かして、華やかなショーウィンドウが連続した街区として再生するのだ。

「いや、待てよ」

ブティックだけでなく、アートギャラリーも組み合わせたら如何だろう。ファッション・アート・タウンは多様性があってもっと楽しい。その中にしゃれたカフェなども配置して、そぞろ歩きの人たちの憩いの場所にするのだ。どんどんアイデアが広がってゆく。駐車場は裏通りのブロックを注意深く整備すれば、保存と実用の対立する要求を満たせるではないか。

私はこのアイデアに夢中になった。

その夜はファッション、アートギャラリー、カフェテラスなどの機能と概念をチャートにして、その関連性をダイヤグラムにした。それを概念として、そうすべき理由もわかりやすく整理した。

これらを基にイメージスケッチを全体と部分に分けて描くため鉛筆を滑らせた。夢中になっていたので夜が明けたのを鳥の鳴き声で知った。

慌てて時間割を見ると、今日は講義科目の建築設備と建築史で午前中に終わる。午後から部屋に戻って仮眠をとれる。急いでシャワーを浴びるため浴室に駆け込んだ。


午前の授業中は居眠りをしている同級生が多い。私も知らないうちに睡魔が襲ってきて瞼が閉じていた。何とか午前中の授業を終えて、学生食堂で級友と雑談する時には眠気が消えていた。

「ねー、フェイ。明日、チュン先生のところに話を聞きに行かない？」とファンが誘ってきた。彼女もデザインの方向が決まったようだ。

「ファンは今度の課題で何を設計することにしたの？」

「それは今のところ秘密！」

　周りの仲間もやれやれといった表情を浮かべた。ファンが秘密主義なのをみんな知っている。自分のアイデアとかデザインは人には見せないのだ。しかし、彼女が誘ったことで私だけは知ることになりそうだ。


　チュン先生をこの前と同じ樹の下で待つことにした。予めファンが携帯電話で約束していた時間に少し遅れて先生はやって来た。

「ちょっと遅れたかな？」

「いいえ、私たちも来たばかりです」と私たちは挨拶をした。チュン先生は驚くほど時間には正確だ。マレーシアでは三十分ぐらいの遅刻はマレーシアンタイムといって普通なのだった。

「さて、どちらからスケッチを見せてくれるのかな？」

　ファンが私の方を見たが、今日のことはファンが言い出したことなので、私は彼女の視線を無視した。

　ファンはスケッチブックを開いて先生の前に広げた。

「私はショップハウスの街区にデザイン学校を建てたいと思います。学生にとって街中はいろいろ便利ですし、夜も学生たちがある程度学校にいますので、街が暗くならないという効果があります」

　彼女は甘い声を出して説明を続けた。

　それをチュン先生は静かに聴いていたが、ファンの説明が一段落した時、口を開いた。

「街中にデザイン学校を建てるというアイデアは悪くない。しかし、学校は君たちも知っているように教室など広い空間が必要だが、それはどうするのかな？　ショップハウスは君たちが調査したとおり煉瓦の壁が狭い間隔で立っているし、それを壊して広げるとなると、保存という問題と合わなくなるかも知れない」

　チュン先生は学生の提案を全面的に否定はしない。ファンは今までの笑顔が消えて言葉が詰まった。指摘されたことはその通りだが、それをうまくかわす解決策はないかと猛烈に頭を回転させている。普段だと頭のよい彼女は問題点をかわす説明をすぐ思いつくのだが、今回はそれが見つからない。

彼女は課題に対して常に新鮮なアイデアを提示する。しかし今回はアイデアが先行してしまい、ショップハウス街区との整合性をあまり考えなかったようだ。

ファンは自分の長い沈黙に気が付き、

「先生、それをどう解決するか、また考えてきます」

と硬い表情でスケッチブックを閉じた。

私は概念図とスケッチを見せながら説明した。

「私は古いショップハウス街の回廊を活かしたファッションタウンを提案します。ブティック街にアートギャラリーを複合させて、所々に休憩できるカフェを配置させます。ファンも言っていましたが、ショップハウス街は夜になると暗くなって寂しくなります。ブティック街だと夜でもショーウィンドウが明るく照明されているので、街区が明るくなります」

　私の説明が終わってから先生は口を開いた。

「ブティック街というアイデアは月並みというか、斬新さはないが……」

　私は落胆して体から力が抜けてゆく。チュン先生はその先を話しているのだが、空ろに響くだけだった。

「しかし、ファッションというものは、古いものと新しいもののせめぎ合いの中から生まれる。ファッション雑誌のグラビアには古い建物や街区がよく背景に使われている。そう考えると古いショップハウス街を再生するアイデアとしてはよいかも知れない。アートギャラリーとカフェの組み合わせも楽しそうだし……」

（えっ、何？　これは私の案がよいと言ってくれているの？）

　気を取り直して先生の話を聞くと、胸に熱いものがこみ上げてきた。それに気が付かれないように必死で抑えた。

「今の考えを基に設計を進めてよいと思います。しかし、安心して停滞しないように」

　そう言い残して去っていった。

並んで歩きながら二人ともしばらく沈黙していたが、ファンが言った。

「フェイ、今回はやったね！　私もフェイのコンセプトとスケッチはよいと思うよ」

普段、彼女はクラスメイトの設計案を辛らつに批評する。「図面枚数は多いが、内容はクズだ」「あそこのデザインは違和感がある」など、いつも的確なのだ。そんな彼女に誉められたことが、課題に没頭する力を私に与えたのだった。

課題提出までの十日間、私は睡眠時間を三時間と決めて作業に専念した。食事をする時間も不規則になり、ジーンズのウエストがゆるくなった。体がだるいのを除けば、頭は冴えて作業は順調に進み、提出前日に図面と模型はすべて完成した。

そして課題プレゼンテーションの時、チュン先生は私の説明を聞きながら時々頷くだけで何も言わなかったが、満足そうな表情を浮かべていた。他の講師たちも誉めてくれた。

ファンも工夫を凝らして追い上げていた。しかし、アイデアは面白いがやはり設定に無理があり、現実感に乏しいと他の講師から指摘があった。

その日は帰宅すると翌日の夕方まで爆睡した。


体調が戻り始めた頃、課題の評価発表があり、ファンはBプラス、私はクラスに二人しかいないAプラスだった。一般教科でAはとっていたが、設計課題でAの評価をもらったのは初めてだった。

その夜、母親に電話をした。

「私初めて、設計課題でAを貰った！」

気が付くと涙声になっていた。母親は私が設計課題で、ずっと良い点がとれずに悩んでいたのを知っていた。

「フェイ、それはよかったじゃない。母さんはお前がいつも頑張っていたのを知っているよ」

今まで設計課題評価発表のたびに落胆していた自分が思い出された。母は私のすすり泣きを受話器の向こうで静かに聞いていた。

翌日、クラスルームに行くと視線をいつになく感じた。最初はなぜかわからなかったが、設計製図でAプラスをとったことが原因らしい。私は一般教科で成績はよくても、「設計ができないフェイヤン」だと言われていたのだ。それが今回の課題でみんなの見方が変わったとすれば、続けて頑張るのだという決意が自分の中に湧き起こった。

次の課題発表まで束の間の息抜きだが、他の教科のレポートを二つ提出しなくてはならない。一つのレポートを書き上げて私はベッドに入った。

そして私は不思議な夢を見た。

チュン先生と二人でトロピカル・レインフォーレストの樹林の中を歩いてい

る。先生は何も言わず私の先を歩いて、時々立ち止まって振り返る。私が追いつくのを微笑みながら待っている。

頭の片隅でこれは夢なのか、現実なのかと混乱して一瞬目が覚めた。夢の続きを求めてまたベッドに倒れこんだ。

霧の中のスモークハウス

朝な夕な朝靄と夜霧に包まれるキャメロン・ハイランドの日々は、時間の境界が曖昧で月日が経つことを忘れさせる。

熱帯雨林の中で撮った写真が送られてきた。その写真は思いがけずによく撮れていた。リーもその写真が気に入って、小さな額縁を買ってきて暖炉の上に飾ってくれた。

*

そんな三年前に過ぎ去った出来事を私はキャメロン・ハイランドに上って行くタクシーの中で思い出していた。

ロンドンからスモークハウスの部屋を予約してあった。スモークハウスに着いた時には知らない場所にやって来たようだった。夜霧が立ち込めてスモークハウスの照明だけが浮かんでいるので煙の中にいるようだった。それで、このプチホテルが「スモークハウス」と呼ばれている理由を知った。

真鍮でできたハンドルを握って、ガラスがはめ込まれた木製のドアを開けた。暖かい黄色い光とアンバー色の陰影が三年前と同じように迎えてくれた。小さなカウンターの中にホテルの女主人がいた。言葉を短くかわして、革表紙の宿帳を差し出した。宿帳を見ると英国人が多く、たまに日本人も泊まるようだ。

その夜は一人で食事をすることにして、一階のレストランに下りて行った。レストランには英国人の老夫婦と日本人の中年夫婦がいた。英国人夫婦とは短く言葉を交わしたが、日本人夫婦はちらっとこちらを見ただけで黙々と食事をしている。ウエイターがメニューを持ってきた。一応目を通したが、料理は既に決めていた。

「ステーキをレアでお願い。飲み物はドライシェリーを」

それを向こうで聞いていた英国人の亭主が正解だと親指を立てた。一人で食べる食事はちょっと味気なかったが、ステーキの焼き加減もよく美味しかった。

その夜は旅の疲れもあって、食事の後はすぐにベッドに入った。

（明日はリーにキャメロン・ハイランドに来てもらおう）

彼の別荘の近くにいるのに、あの別荘にもう泊まることはないのだ。別荘のテラスガーデンからアールグレイを飲みながら眺めた熱帯雨林の山並みとローズピンクの夕焼け色は今でも鮮明に憶えている。

リーと別れることになったのは、彼の父親が英国人と結婚することに難色を示したからだ。そうであってもリーは父親を説得するために時間をかけて話を続けていた。私は彼の父親が結婚を祝福してくれないことに落胆していた。

ロンドン大学のロースクールを修了したリーはマレーシアに戻って、将来、相続することになる父親の企業の一つで働き始めていた。その頃はロンドンとイポーと離れていてもよく電話で話をしていたが、最近はその回数も減った。

この前の電話で、私に求婚者が現れたことを、そして彼と結婚することになるかも知れない、と伝えた。少し曖昧な私の言い方だったが、リーは私の気持ちが、その求婚者である大学の研究者に傾いてしまっていることを察したようだ。そして今、私がマレーシアに来た理由も、おそらく彼はわかっているだろう。

翌朝、まだ朝靄の残る窓を見ながらリーに電話をした。

朝靄が消えて午前の柔らかい光が満ちた頃、彼がホテルに来たことがＢＭＷのエンジン音でわかった。

＊

「メルセデスとＢＭＷ、どちらが好き？」と彼は私に聞いたことがある。

「そうねー、どちらも私には買えない高価な車だけど……ＢＭＷが好きかな」

「どうして？」

「あのエンジン音がいいと思う。脈動を感じさせる音が、機械的でなく動物のような感じがして」

私の答えにリーは満足したようだった。

＊

玄関ポーチに出たら、ちょうど車を停めて近づいてくる彼と目が合った。久しぶりに会う彼はちょっと太っていたが、昔と同じ優しい眼をしていた。

「ここに泊まるなら、私の別荘に泊まればいいのに」と怒る風でもなく言った。

「このスモークハウスにも思い出として泊まりたかったの」と私は言った。


ガーデンテラスは光の下で花が満ち溢れていた。外の光が眩しくて室内のティーラウンジの席に座った。ティーラウンジには昨夜見かけた日本人夫婦がいるだけだった。ティーラウンジで彼はアールグレイを頼んだが、私はダージリンにした。湯気の上がる二つのティーカップが二人の間に置かれた時、私は自分の気持ちを話し始めた。日本人夫婦は私たちの英語がわかるのか、チラッとこちらを見た後は、そそくさと庭に出て行ってしまった。


彼は私の話を聞いて言った。

「もう少し待てないのかい？」

「英国人と中国人との結婚は難しいかも知れないし……」

本当はそのことが障害だと私は思っていなかったが、誰でも頷く、ありふれた理由が口から出た。

「僕はその障害を乗り越えるため、努力をしてきたけれど……」

「その気持ちは私も同じだった……」

その後、私の口からはありふれた外国人同士の結婚にまつわる悲劇が、真実のように語られたのだった。彼は反論もしないで静かに聴いていた。その沈黙が、喋り続けている自分を空しくさせた。しばらくして「ごめんなさい」と私は呟いた。

彼のキャメロン・ハイランドの別荘で過ごした日々は、熱帯の光の中で私の心も同じように輝いていた。だが、以前は輝いていた思い出の数々が、今は熱帯雨林に降るスコールのように霞んでいる。

その夜、リーはクアラルンプール空港へボディーガードが運転する車で送ってくれた。

「別れがつらくなるから」と断ったが、「これには、中国人の礼儀と面子がある」

と言って、出発ロビーのパッセンジャー・オンリーのサインがあるところまで見送ってくれた。

　最後に私は振り返ったが、彼は目で優しく別れの合図を送ってきた。ふいに涙がこぼれて私は顔をそらした。私はエスカレーターで静かに下って行き、彼の視界から消えたことを背中に感じた。

親愛なるリー・イン・ミン

私はキャサリンの夫だったジミー・クレイグです。キャサリンを愛した者同士ということで、このような手紙を君に送ることを許してくれたまえ。五ヶ月前にキャサリンは突然のくも膜下出血でこの世を去りました。

遺品を整理しているとあなたの住所と名前を書いた手帳が出てきたのです。それで、彼女が私に、キャメロン・ハイランドとあなたの別荘やスモークハウスの話を、楽しそうにしてくれたことを思い出しました。このように楽しい熱帯雨林《トロピカル・レインフォーレスト》の思い出を彼女の短い人生に残してくれてありがとう。彼女に代わって、ここに生前のお礼を述べさせていただきます。

ジミー・クレイグ

テニスと愛人

今日の建築設計の授業では新しい課題の発表があるのだ。私はこの日が待ち遠しかった。以前は課題の発表前には気が重くて、こんな気持ちになることはなかった。

授業が始まる前のくつろいだざわめきが教室の外にもれていた。そのざわめきの中にファンがいて、手招きで私を呼んだ。

「おはよう！　何を話しているの？」

「ねぇ、フェイはどう思う？」

「どう思うって……何を？」

「今、みんなで話していたんだけれど、チュン先生って、ちょっと素敵だと思わない？　結構厳しいけれど生徒のよいところを引き出してくれるみたいだしー。何か話が通じるというかー」

傍にいるブーンも赤い顔をして頷いている。私は自分が密かに思っていたことを突然言われてうろたえた。

「あっ、フェイもそう思っていたんだ！」

ファンは人の表情から心を読むのがうまい。

「図星でしょう？　Aもとったことだしー」

「だけど、隠すことないわよ。女子学生だけでなく、男子学生にも人気あるらしいよ」

「そうだね。私もチュン先生は素敵だと思う」と当たり障りなく言った。

ファンはその言い方に何かを直感して、私の目を見つめた。そして、何かを感じた時にする薄ら笑いを口元に浮かべた。

その時、講師たちが教室に入ってきた。

チュン先生も学科長に続いて席に着いた。

「今度の課題は学期最後の長期課題で、学年の成績を決定するだろう」

と学科長が述べ、課題の説明が始まった。

「リゾート地に建つ美術館」

これが二ヶ月半の間、私たちが取り組む課題だ。

チュン先生が生徒にも配られたブリーフィングペーパーを見ながら課題の補足説明を始めた。敷地を何処に設定するか、そして、リゾートとアートの関係を深く考えることなど、彼の説明が一段落して他の講師が話し始めても、私は彼を見ていた。私の視線を感じてチュン先生も私の方を見た。視線がぶつかったが、私は目をそらさず彼を見ていた。彼は一瞬怪訝な表情を浮かべて視線を他に移した。

明日は敷地見学をするためにジョージタウン・ペナンへ、クラス全員で行くことになった。出発は朝の八時半、集合場所は土木学科前の広場と告げられた。

朝九時にポリテクニックのロゴが描かれた大型バスが校門から車体をゆっくり揺らしてすべり出た。しばらく市内を走って高速道路に入った。ペナンまで順調に行けば二時間半ちょっとで到着するだろう。

私の席にもお菓子が後ろの席から回ってきた。朝御飯としてナシゴレンを食べている生徒もいる。私は胸のラインがかなりはっきり出るボートネックのシャツを着て少し前かがみになりながら、前席に座っている講師たちにお菓子を配った。

「先生、どうぞ」

チュン先生は目の前に突然出てきたお菓子に顔を上げて受け取った。

他の先生にも配って席に戻った。こんな些細なことでも心を浮き立たせる。

タイピン、カムンティン、バターワースと過ぎて、バスはペナン島に架かる橋を渡っている。ペナンの海はいつも波も立てずに、ゆったりと静かだ。

バスはペナン中心地区を抜けてバツーフェリンギの方向に走る。バツーフェリンギは海岸線に沿って多くのリゾートホテルが混在しているところだ。

その何箇所かのリゾートホテルと海岸線まで含めた敷地を見学した。

私にとって印象が深かったのはパイン・リーフという名前のこぢんまりしたリゾートホテルだ。低層の客室が松林に点在していて、クラシックなプールサイドがある。全体に落ち着いた佇まいで、西洋人たちがプールサイドや松林の中でゆったりと時間を過ごしていた。

リゾートの過ごし方にも、マレー人と中国人は違いがある中で、「リゾートとアートの関係を考える」というのは簡単そうで難しそうだ。

ペナンのフェリー発着所の近くにバスは移動した。そこには英国が植民地時代に築いた要塞がある。海に面して残っている石塁と錆びた大砲が当時を偲ばせる。石塁の内側には小さな資料展示室があって歴史の説明が展示されているが、参観者は少なくて、要塞全体としても閑散としていた。

この要塞に隣接してポロのグラウンドがあり、この前からバスは出発する。それまでは自由行動となった。

私たちのグループはE＆Oホテルの近くにあるカフェに入った。ペナンで一番美味いアイスクリームを食べるのが目的だ。ドアを開けて中に入ると奥にチュン先生がコーヒーを飲んでいた。

「あっ、先生～」と反応の早いファンが叫んだ。

「ここで会ったのも偶然だから好きなものを頼みなさい。僕の奢りだから」

「先生～、それは悪いです～」と私とファンは声を揃えた。

「いやいや、こういう時でないと君たちに奢る機会もないし」

「アイスクリームをご馳走になってもいいですかー」

「勿論いいですよ。好きなものを注文しなさい」

ジンもブーンもいたが、嬉しそうにそれぞれ好きなものをオーダーして先生と同じテーブルについた。


念願のアイスを食べ、その後先生と雑談をしていると、チュン先生がアールデコについて語り始めた。

「このカフェの建物はアールデコ様式だ。一九二〇年頃ヨーロッパでこの様式が興り、世界中に広まったのです。その流行はアメリカにも広まり、エンパイアステートビルやクライスラービルもアールデコ様式だ。イギリスの植民地だったマレーシアにも当時流行の最先端だったアールデコ様式の建物が沢山建てられた。マレーシアは経済発展がゆっくりだったから、幸い取り壊されずにまだ沢山残っている。私が思うには、アールデコ様式というのは近代様式とそれ以前の古典装飾様式の過渡期に興った様式なので、その両方の特徴を持っている」

先生は話を続けた。

「それが今でも新しいような、古いような不思議な雰囲気を醸し出している。機能主義と言われる単調な現代建築を見直すという意味で、アールデコ様式はもっと注目されていいと思う」

チュン先生は教室では語らない自説を述べた。

私たちはアールデコ様式について説明を聞くのは初めてだったし、アールデコ様式とそうでない建物との違いもわからない。質問もできず、先生の話に頷くだけだった。

学生たちの沈黙を破るため、私は質問をしたくなった。

「イポー駅やクアラルンプール駅もアールデコ様式なんですか？」

先生は学生から反応があったので、一瞬眼が光った。

「いや、あれはムーア様式と言われているものです。ムーア様式の発生は北アフリカで興ったムーア朝がその名前の起源のように言われているが、実は僕もその背景については詳しく知らない。しかし、植民地だったマレーシアやインドネシアにはアールデコ様式と同じようにムーア様式の建物がまだ沢山残っている。ムーア様式はその起源にイスラム教とアフリカ文化が融合したものだと言われているので、イスラム教の国には好んで建てられたのかも知れない」

チュン先生の説明はいっそう熱を帯びてきた。


一方、アールデコ様式も知らなかったのにムーア様式まで出てきたことに、私たちは混乱していた。しかし、私は先生の話が聞けて嬉しかった。アールデコは未だ理解できなかったが、建築のデザインは現在だけでなく、過去から現在まで連続していることを知った。

その話を教室から離れてペナンで聞けたことが私に高揚感を与えた。

私たちグループはガーニードライブのホーカーハウスで夕食をとった。ここペナンは観光地だが安くて美味かった。

バスは予定どおり夜の八時に出発した。

高速道路を走るバスの細かく振動する窓ガラスに頭をつけて目を閉じた。イポーに向かってすべるように走っているバスを月がいつかのように明るく照らしていた。

翌日、授業が終わった後、アールデコについて調べるため一人で図書館に行った。アールデコに関する本が数冊見つかった。手にとってみると、内容は食器、ポスター、ファッション、ジュエリーなど建築以外にもアールデコ様式が広がっていたことを知った。その一冊を図書館から借りて、普段あまり来ない構内を歩いていた。

昼間あれほど学生で溢れていたキャンパスも放課後は急に静かになる。学生の大部分を占めるマレー系の学生はお祈りと沐浴のためにモスクや礼拝所に行く。先生たちも四時半のタイムカードを押すと同時に子供を迎えに行くため急いで帰ってしまう。

そんな静かなキャンパスを歩いていると、かすかにテニスボールを打ち合っている音がする。この音は懐かしい。私は高校生の時テニス部で、いつもこの音を身近に聞きながら高校生活を送った。この音はキャンパスの外れにあるテニスコートの方から聞こえてきた。

そのうち音がしなくなった。テニスコートには人影が見えないのでフェンスに指をかけて中を覗いた。するとチュン先生と男子生徒がコートに座り込んで休んでいた。

「先生、テニスをされるんですか?」

二人がこちらを見た。男子学生がチュン先生に言っている。

「フェイヤンはテニスが上手です。高校生の時、トーナメントに出ていました」

彼は学年が一年下だがトーナメント会場で見かけたことがあった。

「おおっ、それなら君もやらないか」

私は本当はやりたくてうずうずしていたが、一応遠慮がちに言った。

「やりたいですけれど、ラケット持ってないし、ジーンズですー」

「いいじゃないか、テニスシューズを履いてるようだし、ラケットは予備が一本ある」

私はテニスをやめてからもスニーカーの代わりに丈夫で長持ちのするテニスシューズを履いていた。私はやりたかったのでストレッチしながらコートに入っていった。

「先生、お願いします！」

先生は私がどの程度テニスができるのか推し量るように、初めは丁寧に打ってくれる。そのうちに先生の球の癖も見えてきた。フラットに打っているように見えるが、薄くスピンがかかって球が重い。それを見込んで返球しないとネットしやすくなる。私がバックに打つとスライスでバックに返してきた。私はバックハンドグリップにして身構えた。球が予想より低く滑ってきて私の返球はネットした。

「先生、参りました！」と私はぺこっと頭を下げた。その後はボレーやロブなどが入り混じってコートを走り回る展開になった。

男子学生も混じって、二人対一人で交代しながら打ち合った。男子学生は山なりのトップスピン打法だ。腕と腰を大きく使うのでタイミングがずれるとミスが多い。私も久しぶりなので狙ったところに打てないし、ミスもある。

みんなが疲れてきたところで終了となった。

先生は汗をタオルで拭きながら、

「君はフォームが綺麗だね。基本練習を積まないと、そうはならない」

「先生、今日はありがとうございました」

「機会があれば、またやりましょう」

「はい！　またよろしくお願いします」と答えたが、学校で教師と生徒が授業以外で親しくなることは許されない。今日だけの偶然な出来事だと知っていた。

フェンスに絡まっているツタの花が、せまる青い夕闇の中で少し寂しそうに白く浮かび上がっていた。

シャワーを浴びながら、今日のテニスを思い出していた。身体を流れる水滴と筋肉の軽い疲労感が気持ちよい。

自然に歌を口ずさんでいたらしく、シャワー室を出るとルームメイトのタンが、「どうしたの？　ご機嫌ね！」とこちらを見て笑っていた。

「ううん、別に。久しぶりにテニスができて楽しかった」

と私はタオルで髪を拭きながら答えた。チュン先生とテニスをしたことは黙っていた。

「いいなー。フェイはテニスができて。私はスポーツがからっきし駄目なんだー」

タンはそう言って、また机に向かって勉強を続けた。

私も建築設備のレポート提出が三日後にせまっているのに気が付いた。要点を整理して書き上げたが十二時になっていた。

背伸びをしてから立ち上がり、洗面所に向かった。

歯を磨きながら鏡の自分の顔を眺めた。やはり運動をした後は肌の色と艶が違う。高校生の頃はいつもこんな顔をしていた。

今は肌は白くなって高校生の頃のピンクがかった艶のある肌ではない。少女から女になりつつある。

ベッドに入って自分の乳房にそっと触れてみた。高校生の時の硬くてぴんと張った乳房より大きくなって柔らかさが増していた。

そっと揉んでいると、気持ちよさと疲労が交差して眠りの中に落ちていった。

翌朝目が覚めた時、テニスをやった感覚が残っていて、またやってみたくなった。高校生の時のようにテニスに打ち込めないだろうが、このところ勉強に追われて運動不足になっている状態を解消したかった。

使うかも知れないと思って持っていたラケットを収納から取り出して、ストリング面を見つめた。磨耗してささくれ、ストリングの細い繊維が所々剥き出しになっていた。指で押さえると硬くて弾力もない。グリップに目を移すと、グリップテープは剥げてボロボロだ。

「よし！　またテニスを始めるぞ」とラケットを振っている自分がいた。

次の日曜日、ラケットのストリングとグリップテープを換えるため町に出かけた。グリップテープはウエットタイプならどんなものでもかまわなかったが、ストリングはバボラのVSかエクセルにしたかった。この二つは手首と腕に負担が少なくて、反発力とコントロール性の両方をあわせ持っている。

スポーツ店を何軒か回ったが、バボラのストリングを置いているところはなかった。

さて、どうするかと空を見上げた時、スタジアムの中にスポーツ店があるのを思い出した。スタジアムにはテニスコート、スカッシュ、バドミントンコートもあるのでストリングの種類も多いだろうと予想して、レディバードで向かった。

スタジアムのスポーツ店に行ってみると、店の入口に昼休みの表示がぶら下がって閉まっていた。

「ああ～、昼休みか～」とラケットを胸に抱えて呟いていると、後ろから鍵をジャラジャラ鳴らしている人の気配がした。思わず振り返ると、大きなメガネをかけた若い男が鍵の束を腰から外した。

「ストリングの張り替え?」

「そうなんですけど……バボラあります?」

「ああ、あるよ」

「え〜、本当ですか!」

男はそれには答えずに店内の照明をつけて、ストリングのコーナーに私を案内した。そして「この辺りがバボラ」と言った。

私はエクセルを選んで「これいくらですか?」と聞いた。彼は不似合いな大きなメガネの奥からじっと私を見つめて、

「そのストリングを選ぶお客は少ないが、テニス歴は長いの?」

「いいえ、高校生の時にやっていて、またちょっとやってみようかなと思って」

「エクセルは普段50リンギだけど、40リンギにするよ」

私はストリングの張りの強さを55と53ポンドに指定してラケットを預けた。彼は引き出しの中をゴソゴソ探して、やっと見つけた名刺を私にくれた。彼も中国系で名詞には店長アレキザンダーと書いてあった。

「随分、立派な名前ですね」

「確かにその名前は立派過ぎる。親がつけたので今更変えられない。まあ、アレックスと呼んでくれ。音の響きもいいし」

「じゃあ、アレックス！　ストリング、しっかり二本張りでお願いね。私、すぐ緩くなるのは嫌なの」

「ああ、わかった。そこまでこだわってくれると、こちらも張りがいがあるよ。明日の昼にはできあがっているから」

とメガネを指でずりあげた。

薄暗い通路を歩いて明るい外に出て空を見上げた。希望どおりのストリングに張り替えることができて、自然に笑みがこぼれた。すれ違ったインド人の親子の子供が怪訝な顔で私を見上げていた。


翌日の放課後、ラケットを受け取りにアレックスの店に行った。

「アレックス！　ラケットはできあがっていますか？」

「ああ、できあがっているよ」

ずり下がったメガネでこちらを見ながら答えた。ラケット面をパンパンと叩いたあと、ワックスをかけて私に渡した。私は張りあがったストリングのネックに近いところを指で押してみたが、しっかりと張られていた。

「よさそうね、ありがとう！」

とお金を彼に渡すと、それを受け取りながらアレックスが上目遣いで聞いた。

「このあと、時間ある？」

「ええ、まあ……」

（デートの誘い？　アレックスは私の好みじゃないんだけどな）

私は曖昧に答えた。彼もそれを察したのかニヤッと笑った。

「いや、ここのテニスコートでいつも個人レッスンをやっているコーチがいるんだ。その彼がぜひ打ち合いたいと言っている。今、ちょうどテニスコートにいるから紹介したいんだけれど」

（なんだ、デートの誘いじゃないのか）

私はほっとした気分と少し落胆をしながら、最近はデートもしていないな、と思った。

「ええ、いいですよ。今日はショートパンツでテニスシューズも履いているから。張りあがったラケットを試すこともできるしね」

テニスが上手なコーチが声をかけてくれたことも嬉しかった。


コーチは夜間照明が点灯されて浮かび上がったコートの上に立ってレッスンノートを見ていた。

アレックスが声をかけると、中年の人のよさそうな日焼けした顔がこちらを向いた。

「彼女がこの前に話した女の子です」とアレックスは私を紹介して、「じゃあ、僕はお店があるから、これで」と行ってしまった。

コーチは握手するため手を差し出しながら、トニーだと名乗った。

「やあ、申し訳ないね。アレックスがテニスの上手そうな女の子だと言うので、ぜひ、お手合わせをお願いしたかった」

コーチが私と打ち合いたい真意はまだわからなかったが、私は上手な人とテニスができることに興奮していた。

「私、テニスをするのは久しぶりなんです。うまく打てないかも知れないですけど……」

と言いながら、もう私は身体のストレッチをしていた。

コーチは新しいボールを三個私に手渡し、自分も三個ほど持ってテニスコートのベースラインに立った。

コーチの球出しから始まったボールは私の最も打ちやすいところに飛んできた。私はそれをゆっくりとしたフォームでコーチに返し、しばらくゆったりした打ち合いになった。そのうち彼はバックサイド、フォアサイドと球を打ち分けてきた。こちらも自然に彼のバックサイドとフォアサイドに打ち込むことになる。

彼の球は癖のない打ち易い球で、私もまだミスがない。短い球を打ってきたので、走り寄り返球するとロブを上げてきた。予想できたのですばやく下がり、スマッシュで打ち返した球をコーチはネットぎりぎりにドロップショットで返球してきた。追いついてカットしながら空いているコートに返球したが、コーチも追いついてバックサイドに打ってきたのをボレーで返球した。

十五分ぐらい打ち合ってコーチは満足した様子で打つのをやめてネットに近づいてきた。

彼は汗をかいたらしく、顔をタオルで拭きながら、

「アレックスが言っていたように、君は上手だね」

「いえ、そんなことないです。それにアレックスの前でテニスをして見せたことはないです」

「彼は一応ストリンガーだ。ラケットを見れば大体想像がつく」

とトニーは言った。

私はアレックスのことを見くびっていたかも知れない。心の中で「アレックス、ごめんなさい」と呟いた。

ショートパンツが汗で密着しているのを感じたが、不快ではなかった。久しぶりに充実した打ち合いに身体が火照っていた。

「ところで相談なんだが、僕のアシスタントとしてサブコーチをやってくれないかな？」

トニーは私を見つめ、突然そう言った。

それでわかった。テニスのお手合わせは私のレベルチェックだったのだ。私は突然のテニスコーチの話に戸惑っていた。

「でも、私、学校の授業で結構忙しいのですけれど……」

「いや、週二回だけ、夜七時から八時までやってくれればいいんだ。それに教える相手は初心者の女の子と男の子の二人だけでいい。彼らのレッスン料はそっくり君にあげるから」

「そんな……どうしてですか？　彼らが絶望的運動音痴とかですか？」

私は笑いながら聞いた。

トニーは意外に真剣な目で私を見つめて、意を決するように説明を始めた。

「この子供たちの個人レッスンは紹介者がいて、断れない状況で受けることになった。女の子と男の子は一緒にいると姉と弟のように見える。……しかし、そのうちわかることなので君だけには言うが、君より若い女の子はある裕福な男の愛人なんだ。彼は息子と愛人を姉と弟のように生活させていて、テニスもその一部らしい」

そこまで一気に話をして、トニーは溜め息をついた。

「私にも同じ年頃の娘がいるので、その女の子と男の子の個人レッスンにどうも身が入らないんだ。それで私の代わりに君はどうかと思って……」

「えーっ！　それこそ同じ年頃の私としても考えてしまいますよー」

私はその話に躊躇したが、コーチが私を見込んで頼んでいるのと短時間のアルバイトとしてはかなりいい時給だったので、結局引き受けることにした。

「じゃあ、来週の月曜日夕方七時からね。ボールはこちらで用意するから」

私の気が変わらないうちにと思ったのか、汗ばんだ硬い握手をするやいなや、集まり始めたレッスン生の方へ急いで行ってしまった。

取り残された私はしばらく、呆然とラケットを胸に抱えてコートに立っていた。

課題の提出まで後一ヵ月半となった。

チュン先生の話したアールデコ様式が頭の片隅で反響している。

リゾート地といっても、ペナンでの西洋人のゆったりした過ごし方とショッピングに熱心な日本人の行動は違う。

最近は日本人が少しずつ減って、韓国人や中国本土からの観光客が増えている。

中国本土からの中国人はすぐわかる。何にしても騒がしいのだ。私たちもルーツは中国人だが、中国系マレーシア人として生きてゆくため、それなりのマナーを身に付けている。

そんな人種による行動パターンに考えが行ってしまい、今日は考えがまとまらない。

椅子の背に大きく身体を反らして伸びをした時、自然と「私より若くて、愛人か～」と声を出してしまった。

「何叫んでいるの？　愛人って？」

仰け反った姿勢のままにしていると、ルームメートのタンが逆さまに私を見下ろしている。

「いや、何でもない」と私は笑いながら誤魔化した。

「あんた、愛人にならないかと誰かに言われたの？」

タンが髪の毛を掻きながら聞いてくる。

「ははは、ない、ない、ない」

私は今日テニスコーチから聞いた話は、まだ誰にも話したくなかった。まだ、その愛人だという女の子に会っていないのだし、何か事情があるのかも知れない。そこで話をそらすためタンに聞き返した。

「ねぇ、タン！　あなた、愛人になりたいと思ったことある？」

「あははっ、そんなわけないじゃないー。発達途中のこれ見てよ！」

とパジャマの裾を引っ張った。するとほとんど平らな胸に乳首が二つぽつんと浮かび上がった。

「これじゃー、愛人になる自信ないな。やっぱり愛人と言うからにはセクシーでないといけないでしょ？　だけど、フェイの胸なら大丈夫だよ！」

「こらっ！　いつ、私の胸を見たの？」

「この前シャワー浴びた後で着替えを取りにバスタオル巻いて出てきたじゃない。バスタオル結構盛り上がっていたし、胸の谷間だって深かった感じ！」

「まったく、人の何処見てんのよ～」

私はタンの体をくすぐりに行った。タンは体をくねらせて抵抗していた。

「あはは、わかった、わかった！　これからもう見ないから」

と言いながら一瞬私の胸を触って、「おやすみー！」と笑いながら寝室のドアを閉めた。

私たちは〝愛人〟とはどういうものか全く知らなかった。ただ女としてセクシーであることが〝愛人〟の条件だろうとしか思いつかなかった。


テニスレッスンのコーチをやる月曜日になった。その日、私はレディバードで行くことにした。学校までは近いので歩くか自転車だが、スタジアムまではかなり距離がある。またラケットや水筒、着替えも持って行かなければならない。それに週二回ぐらいエンジンをかけて動かしたほうが車のためにもよさそうだ。

　久しぶりにエンジンキーを回すと、しばらくクランキングした後、バシャバシャという空冷水平対向エンジン特有の音が後ろから響いた。しばらくそのままでエンジンの回転計を見つめていた。エンジン回転計が９００ぐらいに安定して油温計の針が少し動き始めた頃、ゆっくりと走り始めた。


　その日の夕方はちょっと早めにテニスコートに着いて、コーチのトニーに挨拶した。トニーは私が約束どおり来たので安堵の色を浮かべて、嬉しそうな顔をした。

「やあ、来てくれたね。これレッスン用のボール。教え方は君にまかせるから。だけど最近の子供は普段運動していないから、準備運動はちゃんとしてね。怪我されると困るから。彼らはもう来るはずだ」

　と駐車場の方に視線を向けた。その時、駐車場に黒塗りのベンツが夜間照明をボディに反射しながら止まったのが見えた。

「ああ、来たようだ。君のことは彼らに伝えてあるから、あとはよろしく」

そう言うと別のコートにそそくさと行ってしまった。

紹介もしないで行ってしまうなんて、何だか彼らを避けている感じがした。

テニスコートの隅にあるドアが開いて、最初に男の子、その後ろから女の子が入ってきた。彼らの方を見ていると、こちらに向かって目の前までやって来た。男の子は中国人の子供によくある、典型的小太り体型で頭は丸刈りに近い。

「ほら、ちゃんと挨拶しなさい！」と女の子が男の子の背中にそっと手をあてた。その女の子は白いフィラのスカートにスヌーピー絵柄が入ったピンクのトレーナーを着ていた。そして口元に笑みを浮かべて挨拶をした。

一瞬〝愛人〟ということを忘れたぐらいだ。整った顔をしているが、普通の女の子だったので拍子抜けした。ケバい化粧の若い女が横柄な態度で現れるものと勝手に想像していたのだった。

「あっ！　私、コーチのフェイヤン、よろしくねっ！」

慌てて自己紹介した。

「私は月蘭《ユエラン》です。これは……ほら、ちゃんと自分で名前を言わないと駄目じゃないの」

男の子は恥ずかしそうに「トーン」と小さな声で言った。中国人家庭では子供を甘やかして育てるので、外に出るとこのように人見知りする子供が多い。

「じゃあ、まずコートの周りを二周ランニング！　その後でストレッチ運動をします」

と号令をかけた。彼らはラケットを置いて走り始めた。そのラケットを置く時、月蘭のしぐさが妙に色っぽいと思いながら走る彼らを見ていた。

走っている様子から、彼らが普段運動をしていないのがわかる。しばらくレッスンを続ければ脚の筋肉もついてくるだろう。彼らは何も試合に出るわけじゃない。テニスを楽しんでもらえればいいのだ。

ストレッチ運動を終えた後、まずトーンに球出しをして打たせてみた。バドミントンをやったことがあるせいか、手首を使ってラケットを振り回す。

「だめだめ！　それじゃ手首を傷めてしまうよ！」

とテニスの基本的打ち方を教えなければならなかった。

次に月蘭に球出しをした。球に向かってすばやく体を動かすことができない。それにボールと自分の位置がうまくつかめずに、近すぎたり遠すぎたりで、ラケットがボールにうまく当たらない。しかし、一生懸命やっている感じが伝わってきて、教えたことは忠実にやろうとしている。

筋力はないようだが、程よく肉のついた白くて綺麗な脚をしている。そして球拾いの姿が膝を揃えてなんとも女っぽいのだ。

私は高校のテニス部の時にはスコートが見えるのも気にせず、股を広げて球拾いをしていた。そんな自分を思い出して、何だか恥ずかしくなった。

二人を交互にレッスンすると、あっという間に一時間は過ぎた。

「今日はこれまで！　筋肉痛が軽くなるので整理体操をちょっとしましょう」

二人とも汗をかいている。

月蘭は汗で額についた髪の毛を指でそっと整えながら今日のレッスンの礼を言った。その時、上気した顔の中で濡れたように光っている瞳に見つめられて、私はぞくっとした。これが女の色気というやつなのかと一瞬思った。

連れだって帰る彼らの後姿を見ていると、トーンの肩にそっと手をかけてドアを開けてやり、全く仲のよい姉と弟にしか見えない。

「どうだった？　今日のレッスン初日は」

後ろからコーチのトニーが聞いてきた。

「まあ、初心者として普通でしたよ」

「普通ね……。まあ、テニスはそうだろうな」

私はその言い方に、トニーは何か隠していることがあるような気がした。

「何かあるんですか？」と、彼のレッスンで汗ばんでいる顔を見つめた。

「ない！　ない、別に。また次回もお願いするよ。僕はまだ次のレッスンがあるから」

トニーはそそくさと行ってしまった。

駐車場にまた黒塗りのベンツが迎えに来ていたようだ。ヘッドライトが一瞬こちらを照らしてカーブを切り、テニス場から去っていった。

レッスンを始めた時はまだ少し明るかったが今はすっかり暗くなり、夜間照明でテニスコートのところだけが明るく浮き上がっていた。

スタジアム内にシャワールームはあるが、夜のシャワールームは気味が悪いので、自分のシェアハウスに戻って浴びることにした。

フォルクスワーゲンのエンジンをかけてから、ヘッドライトのスイッチを入れた。前に明るい地面が丸く広がった。それに向かってレディバードはゆっくりと動き始めた。

月蘭《ユエラン》とフェイヤン

橙色の計器の照明だけが浮かび上がるベンツの車内で、月蘭は今日初めて会ったコーチのフェイヤンを思い出していた。

(自分に近い年頃だけど、なかなか感じのよいコーチだった。これだったら当分テニスのレッスンを続けてもいいかな。だけど彼女は男の経験はないかも知れない。何となく私にはわかる)

クスッと笑うと隣に座っているトーンが「何?」と振り向いた。

「今日のテニスコーチのことを思い出していたのよ。トーンはどう思った?」

「どうって、僕は別に。なんか真面目って感じ」

彼女はミスばっかりする私たちにいやな顔はせず真剣に教えてくれた。それをトーンも感じているようだった。

二人ともフェイヤンにはよい印象を持っている。

(しかしフェイヤンは私たちのことを知っているのだろうか。私たちが本当の姉と弟ではなく、私がトーンの父親の愛人だということを……)

*

私は小学生だった頃、或る作文を書いた。これが大騒ぎになったのだ。

卒業が間近にせまっていた或る日の出来事だった。毎年卒業生に作文を書かせて文集にするのが学校の慣わしだった。作文の題名は決められていて〈将来自分は何になりたいか〉だった。

私は何気なく「娼婦になりたい」と書いたのだ。これが大騒ぎになるとはまだ幼かった私は知らなかった。

作文を提出した翌日、職員室に呼びだされた。いつもは温和な目をした女の教師が、戸惑いと悲しみの混じった顔で言った。

「あなたの作文はよくないわ。小学生としてふさわしくない」

そこで私が「ごめんなさい。書き直します」と言えば、この出来事はそこで終わっただろう。しかし、私の口は自然に動いて、「どうしてですか？」と聞き返していた。

「どうしてって！　あなた『娼婦』の意味をわかっているの？」

「はい。何となくですけれど……」

「何となくって！　どういう風に？」

「男の人がお金を払って……女の人が体を……」

「もういい！　そこまでわかっていて、あなたって！」

と一段と声が甲高くなった。

それまで私たちの声はボソボソしていて周りの教師の注意を引いていなかったが、彼らは一斉にこちらを見た。

更に翌日、母が学校に呼ばれた。

その小学校はミッション系で中学高校までの一貫教育の名門校として名が通っていた。母が呼ばれた時は、女教師だけでなく校長まで同席して話があった。

疲れた表情で家に戻ってきた母は、それについて詳しく語ろうとはしなかった。

その頃、母と父の夫婦関係はよくなかった。いつも言い争いが家の中で起きていた。母は父に愛人がいるのではないかと疑っており、それがいつも言い争いの根底にあったのだ。娘の私から見ても母は美しい人で、私はそれが学校でも自慢だった。それなのに母は夫に愛人がいることを知って、妻としていたくプライドを傷つけられていた。

そんな状態の時、娘のことで学校に呼ばれ、私が「娼婦になりたい」という作文を書いたことを知らされ、母は混乱していた。

帰ってきて何も言わない母に向かって私は言った。

「『娼婦』ってそんなにいけないの？　娼婦から聖女になったキリスト教の話もあるじゃない？」

「それはやっぱり世間ではいけないことなのよ」と母はゆっくりと溜め息をついた。私の意識の中では両親の不和と作文は関係していなかったが、母は「娼婦になりたい」と私が作文したのは、夫との言い争いが影響しているのではないかと考えたようだ。

それから私の前で両親はできるだけ言い争いをしないように話し合ったらしく、しばらくは平穏な家庭が戻ってきた。


学校側としては私が「将来、娼婦になりたい」と書いたことを伏せていたが、何処からか知れ渡ったらしく、クラスの私を見る目が変わった。それまで私は可愛いと言われてみんなの人気者だった。しかし、それからは私に対してみんながよそよそしくなった。クラスの中では「娼婦」の意味がわからず、みんなに聞き回ってもわからなかった生徒たちもいた。ともかく私は〝いけないこと〟をした人間とクラス全体の雰囲気になった。

それをわざわざ私の前にやって来て「いけないことなんだぞ」と口を尖らせて言いに来る男の子もいた。その子の目を見ると軽蔑の色はなく、ともかく私がいけないことをしたので、たしなめに来たのだ。だから「そう……」と私が彼の目を見つめて悲しそうに言うと、彼は満足するのだった。

以前から私に好意を持っているガキ大将がいた。クラスのみんなには横柄な態度でにらみをきかせていたが、私を見る目にははにかみがあり、私は彼の好意を日頃から知っていた。そんな彼も噂を耳にしたらしく、憧れの相手が突然周りから悪い子であったことに落胆した。彼は「娼婦」とはなんであるかを調べて、彼なりにそれはよくないことだと結論を下した。

そして、或る日の放課後に、私を校舎の人目に付かないところに他の生徒を使って呼び出した。

呼び出されたところに行ってみると、彼は一人で彼なりに格好をつけて待っていた。いつもと違って私を見る目にははにかみは消えていた。そして思いつめた視線で私を睨んで言った。

「お前、娼婦になりたいんだってな！」

私は黙っていた。

彼は黙っている私のすぐ前までやって来た。そして、日頃のガキ大将からは想像もつかない説教が始まったのだ。一方的にまくし立てる彼の熱い息を額に感じながら、俯いて聞いていた。

「それは道徳的にいけないことなんだ！」と彼が言った時、こみ上げてきた笑いを微笑に変えながら、顔を上げて彼を見つめた。彼の表情には私が何を考えているのか判然としない困惑があった。

「わかっているのかよ！」と困惑から抜け出すように叫んだ。

私はそれに答える代わりに彼の手を取った。それを私の胸にそっと押しつけた。まだ私の胸は膨らみ始めたばかりであったが、それでも柔らかいふたつの丘ができていた。彼は驚愕の表情をし、すべての動きが固まって、「馬鹿！」と怒鳴って恐ろしいものを見るように後退った。そして駆け出した。彼は一回振り返ったが、表情から私に対する好意は消えて怯えたような視線だけだった。

私は逃げて行く彼にちょっと落胆した。

「娼婦って、意外に難しいものなのかも知れない」

一人残された校舎の片隅で呟いた。

その後、ガキ大将と毎日教室で一緒だったが、彼は私を全く無視する態度に出た。私がした行為を彼がみんなに言わなかったのは彼の自尊心なのか何だったのか、今でもわからない。しかし、彼の私を無視する態度は卒業するまで続いた。

当然のごとく私の作文は卒業文集には載せられなかった。私はそのことに特に落胆はしなかったが、自分だけが周りから孤立した寂しさを感じた。

周りを騒がせた出来事も卒業を控えていろんな行事が忙しく行われる中で、自然と消えていった。先生の間では、まだ世の中のことがわかっていない小学生が、意味もわからないまま作文の題名にしたのだと納得して、このことを終わらせた。


そんな出来事があったが、成績が良かった私は中学校に進学できた。この中学校には小学校からそのまま上がってくる者もいれば、中学から新しく入ってくる者もいた。

初めての授業の時、担任の教師が一人一人の名前をクラス名簿から読み上げた。名前を呼ばれた生徒は起立して返事をする。ちょっと間がおかれて私の名前を呼んだ教師は、立ち上がって返事をした私をじっと見つめた。

私にはわかった。この教師は私の作文のことを知っている。

私の作文のことを覚えている生徒もいた。私が小学校の時、「娼婦になりたい」

と作文に書いたことを彼らに聞いて、中学生になってからも、「本当なの？」と聞きに来たクラスメイトが数人いた。そんな時、私は冗談めかしながら笑って、

「あれはねー、大人ぶってちょっと書いてみただけなの。そんな気は全くなかったけれど、大人がどんな反応をするかなって。そしたら予想外に大騒ぎになっちゃって。反省してま～す」

「そうだよねー。月蘭のような美人がそんなことしないよねー」

そう言ってみんな納得するのだった。

しかし私の心の中で「娼婦になりたい」という思いが消えたわけではなかった。

最初は「娼婦はなぜいけないのだろう？」という素朴な疑問から娼婦のことに興味を持ったのだ。その頃の頭では、いくら考えても世間が言うように悪いことだとはすんなり納得できなかった。ある本には少し皮肉っぽく「娼婦は人類史上最初に出現した職業」と記述されていた。そんなにいけないことならば、

娼婦はこの世界からいなくなるはずだ。

そんな考えが心の引き出しから出てきては、またそっとしまい込まれることが繰り返されていた。

私は中学生の少女になるにつれて、肌の色も母に似て一段と白さが増してきた。

中国人の肌は一様ではない。少し褐色がかった肌もあれば、遠目に白く見えても実際は黄みがかったり、赤っぽい白さだったりする。血管が透き通るような肌の女もいるが、少し病的な感じがする。

私の肌は血管が透き通るほどではないが、白くて艶がありクラスメイトに羨ましがられている。中国人の女にとって、肌の色も美人の要素なのだ。顔の真ん中の鼻梁も知らないうちにちょっと高くなり、それが歯並びのよい口元に合って、よい印象を与えているらしい。

表面的に私はできるだけ普通の女の子として振舞うことにした。だが将来の目的を達成するために今から準備をすることにしたのだ。

また、その頃に普通の〝娼婦〟とは違った〝高級娼婦〟があることを知った。〝高級娼婦〟が実際にどういうものか、わからなかったが政治家を巻き込んだスキャンダルのニュースが流れた時に知ったのだ。子供ながら〝高級娼婦〟の方が、普通の〝娼婦〟よりよさそうな気がしたのだった。

〝高級娼婦〟を目指すために、女らしい仕草や身のこなしを洗練させることにした。しかし、これはあくまでも自然でなければならない。もし、それがわざとらしくなると、媚態というものになってしまうことも知った。

クラスの中にはそれほど美人というわけではないが、育ちのよさを周りに感じさせる仕草に品がある子女がいた。私は意識して彼女たちを観察した。人はそれぞれ様々な行動の中に隠れている性格が現れるし、性格によっても現れ方が違っていた。

私が育った家庭は経済的には中流の普通の家庭だったが、そこでの育ち方には限界があるだろうと考えたのだった。そこで、周りの様々な家庭環境で育った彼女たちから自分にはない好ましいところを吸収することが、将来きっと役に立つはずだという直感があった。

おのずと彼女たちを観察するので、彼らと視線が合うことが多くなった。目が合うとそれとなく微笑を送ったことが彼女たちの気を引き、向こうから近づいてきて親しくなっていった。

授業の方も真剣に先生の言うことを聞いてテストも良い点数をとった。教師の私に対する印象も自然とよくなっていった。

〝高級娼婦〟は決して馬鹿じゃいけないはずだと私は思っていたのだ。

中学を卒業する時も小学校と同じように「将来何になりたいか」という作文を書かされた。

私がなりたいのは小学校の時と同じなのだが、水準を上げて「高級娼婦になりたい」と書けばどうなるかは、中学生になっていた私には十分想像できた。また大騒ぎになったあげくに、今度は卒業前に退学させられるかも知れない。私は「高級娼婦になりたい」ことを心にしまって、「考古学者になりたい」と作文には書いた。

そして、何事もなく中学に付属している高等学校に私は進学をした。

高校二年生になった時、私が小学生の時からくすぶっていた両親の破局が遂に訪れた。もう修復は難しく両親は離婚した。今まで何回か危機的状況はあったのだが、私がまだ中学生だったことで両親は離婚に踏み切れなかったのだった。

父は家を母に譲り渡して出て行った。私はその家で母と一緒に暮らすことになった。今までも父親が家に帰ってこない日が度々あったので、母と二人だけの毎日も父親が長い不在という感じで、表面上はそれほど生活が変化したわけではなかった。

私は中学生の時からできるだけ早く両親と離れて生活することを考えていたので、両親が別れてもそれほど悲しいとは思わなかった。むしろ、両親の言い争いから解放されて、内心ほっとしている自分がいた。

別れた父からは生活費の仕送りはあったが、母も友人の経営する骨董品を扱うギャラリーで働くようになった。元々骨董品や美術が好きだった母は、仕入れる骨董品を選ぶ選択眼があって、友人の信頼も厚かった。ショーウィンドウ越しに母が働いている姿を見たことがあったが、ギャラリーにいる母の清楚な美しさがお店の雰囲気に合っていた。客の好みを理解して控えめな接客態度も評判がよかった。

母には父親と別れる少し前から男友達ができていた。母が離婚して働き始めると、その男はギャラリーによく来るようになり、リトグラフや骨董の小品を買った。そのうちに、母は家に帰ってから何気なく、その男のことを少しずつ話すようになった。

「お客さんの一人で、高価なものは買わないけれど、なかなかよいセンスで美術品を選ぶ人がいるの」

感心して話をすることが何度かあった。私は母の話から、その男に対する母の好意を感じていた。

しばらく経った或る日、母が私に猫なで声で言った。

「前に話したことがあるお客さんだけど、お前も食事に一緒にどうかって

……」

私は母が好意を持った男に興味を持っていたので、食事を一緒にすることに応じた。しばらくして食事の席で母からその男を紹介された。

それまで母はその男とは外で会っていることが多かったが、私を引き合わせてからは時々家にも連れてくるようになった。

男は家に来た時は、小さな贈り物を必ず私のために持ってきた。中国人は家を訪問する時、何か贈り物を持ってくることはよくある。その贈り物は本やアクセサリー、お菓子だったりした。その男の贈り物を選ぶセンスがよくて、女の子が喜びそうなものを彼はよく知っていた。贈り物を私に手渡す時、一言喋るだけで、その態度も好ましかった。父親に出て行かれた私の気持ちを察して、そうしていたのかも知れない。

そのうちに男は時々家に泊まってゆくようになった。そんな時、男は必ず「泊まってもいいかな？」と遠慮がちに私に聞いた。その男に少し興味を持っていた私は黙って頷いた。

その男は私を引き取って結婚したいと母には既に告げていた。しかし、母はすぐにはその男と一緒に暮らすことはしなかった。母は年頃の娘が男と一緒に暮らすことに不安を感じていたのだ。私の仕草が女っぽく、男の気を引くであろうことは、女である母から見ても予想できた。男による再三の結婚の申し込みにそれが理由で母は躊躇していたようだ。

ギャラリーの仕事は周りから見ると綺麗な仕事に見えるが、それほど収入が得られるわけではなかった。

高校二年生になって大学に進学するかどうかを決定しなくてはいけない時期になった。しかし、私は大学に進学したい意志を示さなかった。そんな私を母は、やはり自分たち両親が離婚したことが娘を不安にさせて進学を決めることができないのではないか、と考えた。

私は国立の大学へ行くために必要な共通テストＳＰＭを受けていて点数は良かった。

マレーシアでは世間が認める高等教育機関はすべて国立だ。中国系マレーシア人は国立の大学やポリテクニックへの入学定員がマレー系を優先するブミプトラ政策のために制限されている。

そのため中国系マレーシア人は、少ない入学枠を目指して猛烈に勉強するか、または海外の大学に留学する。

そのどちらの道を選ぶにしても教育費はかなりの額になる。しかし、子供の教育にお金を何とかするのが、親としての責任だと考えるのが中国人社会だし、母もそう考えていたのだ。

そして、ついに母は今後の娘の教育費のことを考えて、その男と再婚することに踏み切った。

新しい家に父親になったその男と一緒に住むことになった。

しかし前の父親が女と出ていったことに私は深い悲しみも怒りもなかった代わりに、私の心の中で何かが壊れたのかも知れない。その男の父親という存在に娘としての感情を持つことができなかった。その男は世間から見れば父親であったが、私の気持ちの中では一人の男であるにすぎなかった。

その男のことをそういう風にしか思えなかったが、表面的にはそれを隠して父親になついた娘を演じた。その男は周りから可愛い娘ができたと言われて喜んだし、実際、その男が私のことを〝可愛い〟と感じていることは表情からわかっていた。

その時から私はある計画を心の中に秘めていた。それは私が〝娼婦〟として、どれほどの可能性があるかということを、身近にいるこの男で確かめたいということだった。

母親が結婚に踏み切る時、私のことに不安を感じただけに、このことは母には絶対悟られないようにしなければならなかった。それには如何するのがいいのかと考えた末にある結論に達した。母の前ではその男を見る私の視線はあくまでも父親に対する娘のものでなくてはいけない。間違っても誘惑するような視線であってはならないのだ。それでいて徐々に、その男が娘として見ている視線を女を見る視線に変えてゆかなければならない。そして、私からは決して男を誘っているようには母に悟られてはいけない。

あくまでも私は娘として振舞っているのに、その男が私を性的な対象として見てしまう状況を作り出さなくてはいけない。その男が自分の娘として接することができずに、いつの間にか性的に溺れてしまっている状態を作りだすのだ。

そうすれば、そのことに母が感づいたとしても、それは私の知らないことだ。

そんなことを考えた時、自分の心の深い底には黒くてどろっとした溜まり水のような心が母に対してあるのを知った。それは別れた父親との長い不和の生活、いつも娘の前で言い争いをしていた母に対する恨みだったのかも知れない。

その計画の手始めとして、まずその男を観察することにしたのだ。最初から若い女の色気で迫るのは賢くない。もう少し深いところで男の心を掴むというのが、私の考えた〝娼婦〟のスタイルなのだ。母には人の心理状態を敏感に感じる能力がある。それを受けついだ私にも、人の心の状態を読み解く能力があるのだ。

今の男の気持ちとしては母を愛しており、連れ子である私を実の娘として、これから育てていくと強く決意している。しかし、私が既に年頃の娘になっているところに戸惑いがある。彼はそれをできるだけ隠すことで父親の威厳を保とうとしている。

家の中では私が年頃の女であっても、実の娘のように日常的に接しており、私に対する性的な関心は今のところは全くないように振舞っている。

街やショッピングモールで私はこの頃、若い男からだけでなく中年の男からも視線を感じるようになった。その視線の先には私を女として見る目が必ずあった。だがそんな時の粘りつくような目と、その男の目は違って冷静さをもっていた。しかし、私にとってその男が、そのような状態を保っていることが、いっそう計画を実行したい気持ちに駆り立てた。

「吸い付きたくなるような綺麗な肌を月蘭はしているね」とか、「月蘭ってスタイルがすごくいいね！」とクラスメイトに言われることが多くなった。

自分ではあまり意識していなかったが、私の身体は魅惑する女として発育をしているようだった。これに以前から身の振舞いと仕草が美しく見えるよう意識してきた成果が加わっているようだ。

この女としての魅力をどのように使えば、あの男を私に振り向かせることができるのかと考えるだけでも楽しかった。

家の中でその男の気を引く服装をどうすべきかを考えた。

マレーシアは熱帯なのでクラスメイトたちも学校から家に帰るとオープンな服装になる。特に中国系の女の子はショートパンツ姿になることが多い。父親の前でも平気でそんな格好をしているが、私はそんなショートパンツははかないことにした。

いつも素足と太腿を見せていると、男には見慣れたものになって刺激が薄れる。それに私が男を挑発しているのではないかと母に疑いを持たれる恐れもあった。

私はその男の前では膝上一五センチぐらいのミニスカートを意識してはくことにした。これは椅子に座ると裾が上がって、私の形のよい膝小僧と太腿が見える。それればかりだと見飽きてしまう恐れもあるので、形のよいヒップラインが出るジーンズもはくことにした。上は胸の膨らみがそれとなくわかるTシャツやブラウスを組み合わせた。

派手な格好をするより、清楚な女子高校生を感じさせる方がいいだろうと判断した。

居間のソファにその男がいる時は、娘として親密さを表すため隣に座ることもあるが、時々は真正面にも座ることも意識した。真正面に座るのは、その男に無防備で気を許していることを装うためだ。

表面的にはその男を「お父さん」と呼んで、その男になついているように振舞う生活の中で、私の計画が密かに実行されていった。

そうやって一ヵ月半ぐらい過ぎた頃、その男が私のミニスカートの脚から視線をそらすようになった。何気なくそらしているが、表情から私の脚が気になっているようだった。

私は計画が効果を表し始めたのだと直感した。

母がギャラリーの残業で遅くなり、まだ帰ってこない夜、私は自分の部屋で宿題をやっていたが、それを終えて居間へ行った。

その男はソファに一人座り、ビールを前にしてテレビを観ていた。私と目が合うとちょっと笑って嬉しそうな顔をした。

「勉強の息抜きを、しようと思って……」と彼のすぐ傍に座った。

ミニスカートから見える私のすんなりした脚が平行してテレビの方を向いて

いる。私の白い太腿がテレビの画面の色をチラチラと映してミニスカートから伸びている。

しばらくすると、その男の手が私の太腿の上にそっと置かれた。私の顔はテレビ画面の方をずっと見続けていた。彼もテレビの方に顔を向けたままだった。

彼の手が私の太腿の上をゆっくりと動き始めた。そしてその動きが変わりそうになった時に、玄関の鍵が開く音がした。私はそっと立ち上がって玄関に行き、母を出迎えた。

そんなことがあってから一週間ぐらい経った或る休日、明るい日差しが差し込む居間に私たち三人は座ってテレビを観ていた。母もテレビを観ていたが、関心を引かない番組に変わったところで新聞を読み始めた。

私はその男と向かい合う位置でソファに座っていた。

その日、私は黄色いミニスカートをはいていた。テーブルの上にあるものを取るふりをして、そろえている膝を崩して開いた。もし彼が私の方を見ていれば否応なく視線は私のミニスカートの奥にゆくだろう。その男はそれがわかっているせいか、なかなかこちらを見ない。テレビの画面の方ばかり見ている。いつまでもそうしていると、首が疲れるだろうとおかしくなってきた。

そのうちに男は私の膝をチラチラと見始めた。私は座り直してソファにもたれた。そして、揃えていた膝を少し広げた。彼がそれに視線を送ってきたので、更に少し広げて太腿がスカートの中で離れた。

彼の位置からは、私のミニスカートの奥の白いパンティが見えているはずだ。その男は何回かこちらを盗み見るように視線を送っていたが、私はしばらくそれを受け流していた。

そして、私は彼の視線を捉えた。私の眼と男の眼が絡み合った。私は彼の顔をじっと見つめた。彼の顔には戸惑いの色が浮かんだが、その男を見つめながら、私は微笑して股をそっと閉じた。

母は気が付いていないようだった。相変わらず新聞の記事を追いかけていた。

それから数日して、男は私の部屋に密かにやって来るようになった。その男のことは好きでも嫌いでもなく何の感情もなかったが、私たちは関係を持った。

私の計画の第一段階は成功したかのように思えた……。しかし、それはすぐに母の知ることになったのだった。

母が私とその男の関係に気づいた時、その男はうろたえた。その男は私が彼の気を引くようなそぶりをいつも見せていたから、つい魔が差して誘いに乗ってしまったと弁明につとめた。その男の話では、悪いのはすべて私になっていた。

それまで私はその男のことが嫌いではなかったのだが、母に弁明する卑屈な姿を見て落胆した。たとえ、私が仕掛けたとしても、親子というぐらい歳が違うのだ。それに血が繋がっていないとは言え、世間的には父と娘だった。

（少しは自分の弱さを恥じる姿を見せてもいいのではないか）

しかし、その男はあくまでも自分が被害者だとして主張し続けたのだった。

その男の姿を見て、こういう時に〝軽蔑〟という言葉があることを思い浮かべていた。そして、そんな男と母が夫婦になっている家庭に急激に嫌気がさしてしまった。

その男の繰り返す弁解は数日続いた。母はその男の言っていることはすべて正しいのかと私を問い詰めた。私は何も言わずに黙って俯いていた。

私は「自分から誘惑したことなんか、絶対にない！」と男の言っていることを否定しようと思えばできた。十五歳を過ぎたばかりの少女がそう言えば、事実とは関係なく、その男は世間の糾弾を浴びるだろう。健全な家族関係を重視する中国人社会だ。その男は〝娘に手を出した人間〟として一生後ろ指を差されるのだ。男は極度に、これを恐れていた。

しかし、私はそうはしなかった。私の心の中で、〝娼婦〟とは男と女の成り行きについて、あれこれ喋るものでないという〝娼婦〟のイメージができあがっていたのだ。

いつまでも押し黙っている私を前にして母は泣いた。母の肩は小刻みに震えていた。ギャラリーでは毅然として微笑を絶やさず、颯爽と仕事をこなす母の姿はそこにはなかった。その小刻みに震えている肩を見つめていた。その震えている肩が私に哀願していると気が付いた。

「このまま、何も言わないで沈黙してほしい」

おそらく、私が小学生の時に「娼婦になりたい」と書いたことも、母の心の中に甦っていただろう。自分の娘である私が、心の中に得体の知れないものを持っていることを、母は気づいていたに違いない。だから、私がその男と一緒に暮らすことになる結婚にもなかなか決心がつかないでいたのだ。

しかし、母はもう一度幸せになりたいと、結婚に踏み切った。そして、新たな家庭を作ったが、今それが崩壊しようとしている。

一度目は亭主が外に女を作った理由で、毅然と離婚した妻として世間が味方になり同情もしてくれた。今度は再婚した相手が娘と関係を持ったので離婚したとなれば、もうそれは皆の好奇な噂になりこそすれ、誰も同情しないだろう。理由はどうであれ、二度もこういうことで離婚すれば、マレーシアの中国人社会で彼女は家庭崩壊者として生きてゆくしかなくなる。

泣いている母の背中が私に言っている。

「その男とのことは級友たちや周りに喋らないでほしい。その男がお前に手を出したとしても、もはや別れることはできないのだから……」

私はすべてを理解したのだった。最初の父と離婚した時は、自分だけの感情を優先して私の気持ちを考えてくれない母を心の奥で恨んでいたが、今はその感情も消えた。

私は自分でも不思議なくらいに澄んだ気持ちが心の奥から溢れて、それに満たされた。まだ嗚咽している母に私は静かに言った。

「お母さん……。もうわかったから、泣かないで。私は高校を卒業したらこの家を出る。そして一人で生活するから」

その出来事は高校二年生の時だったので、それ以後もその男と家の中で一緒に暮らす日々がしばらく続いた。その男はよそよそしくなり、私と視線が合うのを避けた。私にはその男が家の中で、以前より小さくなったように感じた。

そして、それほど行きたいと思わなかった大学には進学しないことに決めた。学校の何人かの教師や級友たちは、私の成績なら大学に進学できるのにと残念がった。

高校を卒業すると、ホテル専門学校に入学した。

私の心の中ではホテル学校で学ぶ理由があった。それは漠然としたものであったが、〝娼婦〟にとってホテルは何か関係のある空間という気がしていたのだ。


ホテル学校で学び始めてすぐに気が付いたが、高校の時に周りにいた生徒とは雰囲気が違っていた。クラスの生徒たちはマレー系、中国系、インド系など人種はいろいろだ。

高校のクラスでは、育ちがよくて明るい表情をしていた級友に囲まれていた。ここにいる中国系の学生は何だか摺れたような、すさんだ顔つきをしている者が多かった。ホテル学校では授業の合間の休憩時間に階段やホールでタバコを吸っている生徒たちも多くいた。学校内では禁煙だったが、学校は見て見ぬふりをしていた。

学校では料理やウエイターとしてワインの注ぎ方、ホテルの経営経理などがカリキュラムとして組まれている。しかし、大半の生徒たちは、将来ホテルの従業員として働くことになるのだ。ホテルを運営管理する立場になるのは大学を卒業した人間だった。

私はホテル学校に入学すると同時に家を出た。そして、ホテル学校に付属する学生寮に入ることにした。

母は私が家を出て一人で学生生活を送ることを心配したが、その男と私が同じ屋根の下で暮らすことにも不安を感じていた。

学生寮は男子寮と女子寮に一応分かれていて三人部屋だった。家を離れて生活するのは初めてだったので、毎日の生活はそれなりに新鮮だった。新入生同士の相部屋でプライバシーはなかったが、高校までとは雰囲気が違う女の子たちとの共同生活もしばらくはよかった。

母からの仕送りはメイバンクの私の口座に振り込まれる。それをカードでおろして鍵のかかる引き出しに入れ少しずつ使うようにしていた。時々、残っているお金が覚えていた額よりも少ないのだ。最初は自分の記憶違いかと思っていたが、何かがおかしいと気が付いた。

そこで或る日、10リンギ札を十枚用意して、角にわからないように印をつけて引き出しに仕舞った。翌日は、お金はそのままあったので、やはり自分の思い過ごしかという気がした。三日後に授業が終わって部屋に戻り、引き出しの中を確かめると十枚のうち三枚がなくなっていた。

翌日は新しい教科書を買わなければならない日だった。その教科書を買うために順番に並んでいたが長い列ができていた。後ろの方から同室の二人が叫んだ。

「月蘭！　私たちのも買っといて、今お金渡すから。これから後ろに並ぶと授業が始まっちゃうから！」

「ええ、いいわよ。もうすぐ私の番だから」

彼らは小走りに私のところに来てお金を渡した。渡された二枚の10リンギ紙幣を見ると、角に私がつけた印が付いていた。私は動揺して、その札を凝視した。「はい、次の人」と呼ばれなければ、傍でにこにこして待っている彼女らに気づかれただろう。

その日から現金は引き出しの中に置かないようにした。それからも小さなものがちょこちょことなくなった。それはシャンプーの中身だったり、シャープペンシルの芯だったが、内心気持ちのよいことではなかった。

ホテル学校の授業はそれなりに面白いものがあった。ワインの種類選びの授業では、実際に香りを嗅いだり、少し飲んだりする。教材に使うワインだから上等のものではない。甘口と辛口はどういうものかを知る程度のものだ。マレー系の学生はイスラム教なので口にすることはできずに見ているだけだった。中国系とインド系の生徒ははしゃぎながら飲んでいた。それ以外のアルコール類や美しいカクテルの説明もなされた。

私は男と女が食事をしながら飲む酒はやはり赤ワインが一番相応しいと思った。その理由は赤ワインの色にある。あのような官能的な深い赤色をした酒はワインをおいて他にはない。照明が少し落とされている高級レストランの室内では飾られた花の色も冴えないが、ローソクの光の中で、ワインレッドはより妖しげな深い赤みを増す。女がルージュを赤く引いた口元にグラスを触れさせて似合う酒は赤ワインだろうと想像した。

半年ぐらい過ぎると実際のホテルに実習に行く。この期間は授業の単位に組み入れられる。学生はそれぞれ少人数に分けられて、ペナンやクアラルンプールのホテルに振り分けられる。ホテルは学生を無給で従業員の代わりに使えるし、学校は教室で教えられない現場を学生に体験させて、卒業生の就職先のパイプを維持できる。双方にメリットがあるのだ。

実習生はまだホテルのフロントに立たせてはくれない。部屋の掃除やベッドメーキング、レストランのウエイター、ウエイトレス、皿洗いまでやらされる。

従業員の中には親切な人間もいるが、

「俺たちの給料がいつまでも安いのは、お前たち実習生が入れ替わり立ち替わり、ただで働きに来るからだ」

と不愉快な顔をする者もいる。

ホテルは表に見せる華やかさに比べて、取替えの利く末端の従業員は安い賃金で深夜と早朝のシフトで働かされている。客によっては従業員にえらそうな態度や無理な要求をする者もいるし、従業員同士の人間関係でストレスが溜まる職場なのだ。

実習から戻ってから、また学校での生活が始まった。

寮生活も同室の二人は心を許し合える相手ではなく、一緒に生活することに息苦しさを感じ始めていた。

学生寮を出て学校の近くに部屋を借りて住むことを考え始めた。学生の中にはそうしている連中も大勢いた。彼らは一人で借りると家賃の負担が大きいので、二〜三人で一軒借りて部屋をシェアしている。彼らに家賃を聞いてみると、何人かで借りれば何とかなりそうな部屋代だった。

一軒を一人で借りることを母に頼むことも考えた。しかし、結局、あの男の世話になるのでそれはやめた。

そのうち、私が部屋をシェアする相手を探していると聞きつけて、一学年上の留学生が私のところに来た。私は彼女を学校で見かけたことがあった。確か日本人だという噂を聞いていた。

「あは！　あんた、やっぱ可愛いねー。あたし、結構面食いなの。女の子に対してもね。あたし、綾香っていうの。聞いたんだけど、あんた、部屋をシェアする相手を探してんだって？　あたしも部屋をシェアする相手を探してるとこ。あんたのこと遠目に知ってたし、あんたとならいいかなと思ってー。あたしも今、寮にいるんだけどー。ほら、何かうざったいと言うかー」

　彼女は一方的に喋った。私が黙って聞いていたので、やっとこちらの反応を待つように静かになった。

　綾香は色が白い。中国人とはちょっと違う白さだ。中国人の白さは肌の後ろを流れる血管が赤っぽくて、それが肌を透かして感じられる。日本人の血管は青くて肌の白さに青みがある。そんなことを考えながら、彼女の顔を見ると整った顔をしている。こちらを見つめている目も愛くるしい。私はその申し出を受ける気になって微笑んだ。

「ねっ！　決まりだね。だけど言っとくけど、もう一人一緒なんだ。いい？」

「もう一人って？」

ちょっと嫌な予感がして聞いた。

「うん。もう一人というのはあたしのカレシなんだ。あたしのボーイフレンド！ほら、カレシと二人だけで住むと同棲ということになるし、このマレーシアで同棲すると周りがうるさいというか、学校と先生の印象も悪くなること確実だしー」

「それって、私は利用されている感じ……」

「いやいや、そんなことないって。家に男がいると何かと便利だし、女だけで住む場合の用心棒になるかも知れないし。まー、その男がたまたま、あたしのカレシってとこ」

彼女の頭の中では理にかなった話らしい。私たちのためにそれが一番だと全く疑っていないところがおかしかった。

「ところで、あなたのボーイフレンドって誰なの？」

「ほら！　あたしと同じ学年で、アンディ・ラウに似ているの。知らないかなー」

彼女は香港の映画スターの名前を持ち出した。私はそう言われて、或る男子学生を思い浮かべた。アンディ・ラウに似てなくもないが、実物のアンディ・ラウより酷薄な感じがする男だ。アンディ・ラウも香港のヤクザ役を演じたりするが、やはり善良な人間を感じさせる。しかし、綾香のカレシというその男は眼がもっと鋭くて、まだ十代後半のはずだが、遊び人の雰囲気を漂わせている。だが、その青い凄みが女の子には魅力的に見えるらしく、アンディと呼ばれて人気があると聞いたことがあった。彼は背丈もあるが痩身で、いつもポケットに手を入れて猫背で歩いている姿を見かけたことがあった。

「あのアンディ？」

「なんだ！　知ってるじゃん！」と綾香は言いながら警戒の色が一瞬、彼女の顔をよぎった。

「部屋はシェアするけど、カレシはシェアしないからね！」

　真面目な顔になって私を見つめ、そんなことを言った。

「私の好みのタイプじゃないから、それは大丈夫よ」と口では言ったが、体の奥の方は違った反応をしていた。しかし、そんなことは全く彼女に感づかせないように話を変えた。

「借りるのは何処のどんな家なの？　それに部屋代はいくらになるか、それが私にとって肝心なことよ」

「じゃあ、家と家賃が条件に合えば三人で暮らすのはＯＫだね！」

綾香は嬉しそうな顔をした。それは私と暮らす嬉しさではなく、アンディと一緒に住むことができる嬉しさなのだろう。

その日の授業が終わってから、彼女と一緒に家を見に行く約束をして別れた。


その家は西日を受けて白い壁に樹木の影を落としていた。壁を隣と共有する二階建てのタウンハウス形式の一軒だった。内部を見ると貸すために手を入れたらしく、壁は新しく塗り替えてあった。床は黒っぽい人造石で、白い壁とのコントラストが清潔な感じを与える。

「昨日までは工事中で見れなかったけど、なかなかいいじゃん、ねぇー」

綾香は連れてきたカレシを振り返った。

アンディはズボンのポケットに手を入れたまま顎で頷いたが、家とかそういうものに全く無関心な表情が表れていた。

彼も一緒に部屋を借りるのが私だと教えられたのは此処に来る直前だったようだ。三人で住むことが自分にとって都合がよいことなのか、面倒なことになるのか、考えているようだった。

私と顔を合わせた時も挨拶らしいそぶりも見せなかった。鋭い目付きで、私の足の先から上の方へ視線を這わせただけだった。

綾香は家の中を見て回り、自分とカレシの部屋をさっさと決めてしまった。残った部屋が私の部屋になったが、条件が悪いわけではなく、東を向いて小さな庭の樹木が見えて気持ちのよい部屋だった。綾香から聞いた家賃も相場どおりで、三人で割れば払えない額ではない。

「ねえ！　月蘭、どう思う？　この家にしようよ」

綾香はすっかりその気になっている。

「彼のことは、ゲイだということにして、周りには用心棒代わりに一緒に住んでもらっていることにしようよ。きゃは！　ゲイだと用心棒にはならないかもー。あはっ！」

彼女は上機嫌だ。

その夜、母に電話をした。久しぶりだったので母は電話の向こうで嬉しそうな声を出した。母は私が大学に行かずに家を出たことに、いつまでも負い目を感じているようだった。私はそのことについて何も気にしていなかった。だけど電話をかけた時、母の近くに男がいるとその男に気を遣って話すのが嫌だった。今日は男が近くにいないらしく、自然な話し方だった。

「学生寮を出て部屋を借りようと思っているのだけど……いいかな？」

「部屋を借りるって……どうして？」

「寮生活も一年ちかくになるし、同室の女の子たちが、ちょっとね」

私は母が送金してくれたお金が時々なくなったことに触れたくなかった。

「同じ学校の先輩の女の子と一緒に部屋を借りるつもりなんだけど」

もう一人アンディがいることを言うか迷ったけれど、今は言わないことにした。説明を繰り返したところで、きっと母は反対するだろう。もし、母が訪ねてきたらわかるだろうが、それはその時のことだ。

「家賃は三人で頭割りして、150リンギぐらいなんだ」

私がそう言うと、母は女の子ばかりで借りるのだと思い込んで、快く了承してくれた。


次の週に私はその家に引越しをした。

その頃は私の周りに好意的な男子生徒が数人いて、私の引越しを手伝ってくれた。だが、荷物を運んできた時に、彼らはアンディがいることに怪訝な顔をした。彼らは何かを私に尋ねたそうだったが、アンディが近くにいるので荷物を運び込んだらそそくさと帰ってしまった。

翌日、学校に行くと荷物を運んでくれた男子生徒の一人が傍にやって来た。私は昨日のお礼を言ったが、それに答えず心配そうに、「どうしてアンディと一緒に住むの？」と聞いた。

「アンディは綾香のボーイフレンドで、私は関係ないのよ。それにアンディはゲイらしいから用心棒代わりにと思って……」

そう言ったが、ゲイが綾香のボーイフレンドで用心棒という私の話は支離滅裂なので、彼は鼻で笑った。

「何か、アンディについて知っているの？」

「いや……しかし、彼は三年も留年している」と言葉少なく答えた。ホテル学校で三年も留年するのは普通では考えられない。ホテル学校は早く卒業をして実社会に出ることで早く収入を得るための道具にすぎない。三年も学費を余分に学校に払い続ける価値はないと皆が判断している。

「なぜ三年も留年しながら学校にいるの？」と更に尋ねた。

彼はそれ以上アンディについて話すことをためらっていた。小さなホテル学校のことだから噂になりやすい。彼は自分が喋ったことがアンディに知られることを恐れているようだった。

そのように噂が流れるのが早いのなら、アンディについての噂も流れて何処かに集まっているはずだ。彼を問い詰めるより、そういう噂をよく知っている女の子たちから聞いた方が早いだろう。男子学生と女子学生の噂のネットワークは違うかも知れないが、それは後で判断すればいい。

翌日からそういう噂を知っていそうな女の子に聞いてみたが、アンディのことになるとみんな話したがらなかった。もっと簡単に彼について知ることができると考えていたのに不思議だった。

彼のことを外で聞き回りながら、学校が終わるとアンディと綾香のいる家に戻って行く自分がいた。アンディは私が戻る時間にはほとんど家にはいなかった。綾香と一緒に戻ってくることもあるが、一人で遅く戻ってくることが多かった。


アンディが戻っていない或る日、私は綾香と二人で家にいた。居間でくつろいでいる綾香にそれとなく聞いた。

「アンディって、どんなカレシなの？」

「どんなカレシって……」

最近、綾香は元気がない。この家を一緒に借りようとはしゃいでいた時とは何かが違っている。

「どんなことを聞きたいの？　彼とのセックスのこととかー。きゃは！」

ちょっと無理して彼女らしく反応した。私はそのことを聞きたいわけじゃないと手を振る仕草をしたが、内心はそのことも知りたかった。

「彼とは毎日のようにセックスするんだけれど……何ていうかー」

「何ていうかって……何？」

「う〜ん。言葉で表現するのは難しいんだけどー……。あっ！　やめよう、こんな話！　何か他のことを話そうよ！」

綾香は自分から話題を変えた。


アンディのことについて何も確かめることができず、なんとなく一週間が過ぎた。

学校で料理の実習の時、傍に来た女子学生が調理台にいる私を覗き込んだ。今まで話したことがない上級生の女の子だったが、合同実習でその日、一緒のグループになったのだ。

「あんた、アンディのこと知りたいんだって？」

正面を見たまま小声で言った。

「ええ、まあ……」と私はちょっと警戒して曖昧に返事をした。

「じゃあ、『テータリ・バグース』で夜八時に……」と言って彼女は調理台から離れた。

学校の周辺には多くのホーカーハウス（簡易飲食店）が建っている。学生たちはそこで食事をしたり、ミルク入り紅茶（テータリ）を飲みながら友達と雑談したりしてくつろぐ場所だ。テータリ・バグースはそのうちの一軒でテータリが人気の店だ。

私がその店に入って行くと奥の方のテーブルに、昼間の彼女がもう一人の女子学生と座っていた。

「あんた、新入生で何も知らないみたいだから、ちょっと気になってー」

彼女は話しだした。

「アンディのことを聞き回るってことは、そっちの仕事をしたいのかと思われるよ」

「そっちの仕事って何ですか？」

「あーっ、やっぱり何も知らないんだね〜。道理で一緒に家を借りたりしたんだ……」

呆れたように薄ら笑いを浮かべて、彼女たちは顔を見合わせた。

「綾香とかいう子は留学生だし、英語しか喋らないから、この学校で起こるいろいろな噂を知らないんだよ」

彼女たちが話そうとしていることは、綾香も知らないことのようだった。

「綾香って子は留学生でちょっと浮いているから、アンディが接近したとも言えるけれどね」

と言って二人で頷き合っている。

＊

その話は二年ぐらい前に遡る。

アンディはあのマスクのおかげで学内の女子学生に人気があった。そこまではよくある話だが、しばらくしてある噂が学校に流れ始めた。

「アンディは付き合った女子学生を風俗の店に送り込んでいる」という噂だった。

風俗の店もできるだけ容姿のよい女の子が欲しい。この業界は女の子の消耗が激しいのだ。一般的に募集もするが、店が雇いたい条件をそなえている若い女は少ない。そこで学校なら毎年女子学生が新入生で入ってくることに誰かが目をつけたらしい。特にホテル学校は女子学生の比率が高い。

アンディがたまたま学生だったのを風俗店が取り込んだのか、それとも彼の学費をすべて面倒みることで風俗店が送り込んだのかはわからない。

女子学生の中でスタイルと顔がよい女の子にアンディが接触することから始まる。そして恋愛状態になったように思えたあたりで、アンディは次の行動を起こすらしい。その時には女の子の方もアンディを好きになっているので拒否できない心理状態になっている。その心理状態をアンディは巧みに利用するのだ。アンディにその才能があるのは、女の子が自分の意思で風俗店に行くようになることとだ。

その噂が流れてから、学校もこのことを放置できなくなり、秘密裏にアンディと彼女たちを呼んで事の真相を追究しようと試みた。ところが彼女たちは全員自分の意思で風俗店に行ったと証言をしたものだから、学校もそれ以上は追及できなくなった。もともと学校としてはこの問題を公にしたくなかった。彼女たちはホテル学校の現役学生か卒業生だったからだ。それとマレーシアでは風俗店で働いたことが世間に知れると、将来ある彼女たちの一生を左右しかねない危惧もあった。

教育機関として難しい立場に置かれた学校は、アンディにこのような噂が流れる行動を今後は一切しないと誓わせた。その代わりに彼を退学処分にしないことにした。

学校はこのことについては沈黙したが、或る男子学生が噂を聞いて、アンディのやったことを非難した。そして噂の真相を追究しようと他の学生にも働きかけた。それからすぐのことだったが、その男子学生がバイクで下校中に車に追突されて大怪我を負ったのだった。その追突した車は逃げ去ったが、しばらくして捕まった。追突した男は地元のギャングスターの一員だった。

＊

このような事件があってから、「アンディは学校で今はおとなしくしているが、その方面の社会と彼は切れていない」というのが周りの一致した認識になっている。

これらのことを彼女たちは声を潜めて話した。

「このことは、他の誰にも言わないでね！」と念を押して、彼女たちは席を立った。


私はしばらく、彼女たちがいなくなったテーブルで一人ぼんやりと考えた。

綾香は外国人で英語しか話さないが、学校の授業には何とかついていってはいる。しかし、学校内でアンディが周りから避けられている噂まで彼女に話してくれる親しい友達はいないのだろう。何となく寂しい学生生活を送っている彼女はアンディに付きまとわれて同棲することになった。学校も外国人の学生のすることだからと、素知らぬふりを決め込んでいる。綾香の最近の浮かない顔も、アンディについての話とつなげて考えると、何となくわかる気がした。

私はそういう噂のあるアンディと一つ屋根の下で暮らしているのだった。

私はアンディについての話を聞いてから、ますます彼に興味を持ち始めた。

アンディは私にとって最終目標にするような男ではない。だが、子供の頃から考えていた世界に最も近いところにいる男のように思えた。綾香の誘いで一緒に部屋を借りることになった偶然が、私を自分の運命へと導いていると確信した。

アンディは綾香のカレシということになっているので、彼は私に関心を示さないふりをしている。そんなふりをしても最初に会った時、彼の視線が私の体を這ったことを忘れてはいなかった。綾香もスタイルのいい女の子だが、私もそう言われることが多い。私は肩幅と腰回りが綾香よりちょっと細く、頭が小さく、すんなりと伸びた脚が中国人体型を表している。胸も程よい大きさで綺麗な張りのある形が服の上からでもよくわかる。

アンディが実際には女にどういう感情をもっているのかわからないが、それを確かめてみたい衝動が体の奥から起きていた。

その機会は意外に早く訪れたのだった。

学期休みに入って綾香は日本に一時帰国することになった。その出発する日に綾香は私にそっと囁いたのだった。

「アンディと親しくならないように……」

それは彼女がアンディを好きだからそう言ったのか、それとも私への忠告を含んでいたのか、私にはわからなかった。

綾香が一時帰国でシェアハウスにいなくなってから、アンディも戻ってくることが以前にも増して少なくなった。何処に行っているのかわからなかったが、部屋にはほとんどいなかった。

ある晩、自分のために夕食をつくっていると、アンディがぶらりと帰ってきたのだ。彼は居間で手をポケットに突っ込んだまま、突っ立って自分の部屋に行くべきかどうか思案しているようだった。

綾香がいる時は彼と話すことはほとんどなかったが、私は振り返って声をかけた。

「今、夕食を作っているけれど、あなたも食べる？」

彼は返事をしないで、しばらく食べるかどうか考えているようだった。そして、ダイニングテーブルの椅子にだるそうに腰をかけた。

彼は猫背気味で前かがみになり、箸をゆっくり使って食べ始めた。美味いとも不味いとも言わない。料理の味には興味がないようだった。

「どう？　私の料理は口に合うかな？」

と沈黙を破るために私は聞いてみたが、「ああ……」と彼は言っただけだった。

食事の後片付けをしている間、彼はタバコを吸いながら居間のソファにもたれていた。片付けが終わった私は居間に行った。ソファに置かれているクッションを抱いてアンディと一緒にテレビを観た。

私はテレビの画面を見つめながら呟いた。

「風俗のお店、紹介してくれないかな？」

彼は返事をしない。聞こえたのかどうかわからない素振りで新しいタバコに火をつけた。

しばらくしてタバコの煙をゆっくり吐き出しながら彼は言った。

「あんたが俺のことを学校で聞き回っていたことは知っている」

「違うの。あれは一緒に部屋を借りる相手だから、一応どんな人かなと思って……。綾香は何も言ってくれないし……」

とまんざら嘘でもない説明をした。確かにあの時までは、アンディが風俗店に女子学生を送り込んでいることは知らなかった。彼はそんな私の話を聞き流して、タバコの煙がけむたそうに顔をしかめた。

「あれは、あの時だけのことだ。俺はああいうことはもうやめたんだ。俺も学校を一応卒業したい。高卒のままの中国人はマレーシアでは先が知れている。俺にしては堅実な理由があるんだ」

と唇の端に笑いを浮かべた。

「俺がまたそのことをやって、学校に知れたら今度は退学なのさ。知ってんだろ？」

「あなたには迷惑をかけない。その風俗の世界をちょっと知りたいだけなの……」

「まあ、やめといた方がいいな。あんたみたいに言う女は結構いるんだ。この学校で俺から風俗店に誘った女はそれほどいたわけじゃない。噂を聞いて『紹介してくれ』と言ってきた女が大半だ。だがこれが表沙汰になると、世間は俺がすべての女をたぶらかしたように騒ぎ立てたのさ」

彼の話はまんざら嘘でないことはわかっていた。イスラム教が圧倒的に占めるマレーシアでは女は貞淑でなければならない。イスラム教徒ではない中国系マレーシア人もこの社会的規範にある程度従って生活している。だが、女も人間だからいろいろな個性があるし、本能的に性欲が強い女や許容範囲が広い考え方をする女もいるのだ。

「あんたに俺のことを喋った二人の女連れがいただろう?」

それを聞いてアンディは私たちのことを見ていたのかと、一瞬背筋に冷たいものが走った。私は頷いた。

「実はあの二人の女も『風俗店に紹介してくれないか』と俺のところへ来たんだ。自分でそういう店に直接行ってもいいんだが、俺の紹介だとギャングに取り込まれず、安全だと聞いてきたらしい。俺はその時、何か面白くないことがあって機嫌が悪かったんだ。それで『あんたたちの容姿だと店は雇わないから駄目だ。大人の玩具店なら紹介するけどね』とそっけなく言ってしまったのさ。それを根に持って、今でも俺の噂を流しているのさ」

と荒んだ目をして呟いた。

私を風俗店に紹介しない彼に落胆したが、彼の言葉には何か心動かされるところがあった。

その夜、私の方から「したい」と言って彼を私の部屋に誘った。

ベッドの中で彼はタバコの箱に手を伸ばしながら、思い出したように聞いた。

「あんた、風俗店で働きたい理由は何だ？」

私は裸でうつ伏せになって彼の傍に横たわっていた。私は顔だけちょっと彼の方に向きを変えた。髪の毛が顔にかかって見えないのを指でそっと掻き分けると、ヘッドボードに寄りかかってタバコを吸いながらアンディがこちらを見ていた。私の脚や尻をタバコの煙越しに目を細めて見ている。私は聞こえていたが、時間を稼ぐためにもう一度聞き返した。

「何？」

「『風俗店で働きたい』と言ったことだよ」

「高級娼婦になる経験を積むためよ……」

「はっはっは、高級娼婦か……。それはこの街では無理というか、成り立たない。こんな地方の街では重要な顧客接待や外国人の賓客をもてなすことはほとんどない。まあ、それだったら、クアラルンプールにでも行くんだな。確かにこの街には金持ちの中国人が多く住んでいる。だが、ここで裕福な彼らの生理的要求を満たすのは高級カラオケ、会員制マッサージ店で一応こと足りているのさ。カラオケにいる大半の女の実態は娼婦だ。最近は中国大陸から美人でスタイルのいいチャイナギャルが大勢送られてくるようになった。俺は紹介しないぜ……。しかし、お前は高級娼婦になってもいいぐらいのケツをしているよ」
と足を伸ばして、私のお尻の割れ目を触った。

私は〝高級娼婦〟というものは個人的になりたいと思っても簡単ではないことを聞かされた。〝高級娼婦〟は需要とそれに応えるネットワークがあって成り立っていることを、おぼろげながら理解した。

そんなことがあってアンディは部屋に戻ってこない日が続いた。あと三日もすれば綾香が日本から戻ってくる。そうしたらアンディとこの家の中でセックスすることはもうないだろう。

そんなことを考えながら部屋で勉強していると玄関の鍵を開ける音がした。

その音からアンディだとわかったので、私は立ち上がって居間の方に行った。

彼はソファに寝そべるように座ってタバコを吸っていた。私がソファに座ると彼は口を開いた。

「この前の高級娼婦の話だが、まんざら可能性がないわけじゃないらしい。実は俺の知っている筋にちょっと話してみたら、お前にぜひ会ってみたいという人がいるんだ。どうだ。あんた、その人に会ってみるか？」

予想していなかった話だったが、その世界へ通じる扉が開きかけている気がした。私は彼の目を見て頷いた。

「ただし、俺があんたを紹介したってことは一切誰にも喋るんじゃないぞ！俺が退学になったら、お前だって、これからまともな人生は送れなくなるぜ」

眼の中に残忍な光が走った。

その夜遅く、アンディの運転するバイクの後ろに私は乗っていた。私に会いたい人のところへ向かって真っ黒な夜の闇の先を、ヘッドライトだけが照らす道をひたすら走っていた。

私自身、なぜこんなことをしているのか、自分でもはっきりわからない。お金に困っているわけではない。学生生活を普通に送れるだけの仕送りは母がしてくれている。もし男が欲しければ、私の周りに私の相手になりたがっている男子生徒は大勢いる。しかし、そんな男子生徒とべたべた一緒にいることに興味が全く湧かなかった。

私はこれからどうなるか不安もあったが、これを通過しないことには、私の世界に行けないのだと自分に言い聞かせた。

道路標識はパパンの方向を示していた。この辺りはかなりイポーの郊外にあたる。このままの道を走り続ければパンコール島を望むルムッという街に行き当たる。交差点を曲がりパパンの街に入った。街といっても昔は錫の採掘で賑わったところで、錫鉱山が廃坑になってからは廃墟のようになっている。廃墟の街の真ん中を広い道路が走っていて、その両側に中国的ファサードの建物が建ち並んでいる。所々建物が崩れて、熱帯の樹木がうっそうと繁っているところもある。

「何だか怖いわ……」と心細くなって彼の背中に呟いた。彼はそれに返事もせず、かすかに明かりが灯っている前でバイクを停めた。そこだけ乗用車が四〜五台駐車していた。

アンディは錆びたドアを開けて中に入った。入り口のホールの壁と床は薄汚れて、その汚れを隠すかのように照度の足りない蛍光灯が二本ぶら下がっていた。その一本は切れかかっているのか点滅を繰り返している。

アンディは、そのホールを抜けて奥の部屋に私に目配せして入った。その部屋でビニールレザーのソファに痩せた中年の男が座っていた。特に事務所らしい机も椅子もない。薄暗いがらんとした部屋だった。

アンディが「老板《ラオパン》……」と小さく挨拶すると、その男は私を見て口を開いた。

「お嬢さん、申し訳ないね。夜中にこんな遠くまで来てもらって」と優しく言った。

「私の店は街の中心にあるんだが、そこだとお前さんを連れてくるのを人に見られると、アンディが嫌がってね。今夜、ここで集まりがあるんだが、ちょっと秘密の夜会なので、私自身が責任者として来る必要があった。そこでお嬢さんと、ここで会うことにしたわけだ」

最初、彼の表情は暗くてわからなかったが徐々に目が慣れてきた。髪はオールバックで撫で付けている。痩せた中背で小さな顔の真ん中に寄り目気味に小さな落ち窪んだ眼がついている。その眼は優しそうに見えるが、人を殺す時にも同じ眼をしていそうだ。口元も小さく両側に縦皺が刻まれている。

私はその老板を前にして立ったままじっとしていた。アンディの方に目をやると、彼は壁に寄りかかってタバコに火をつけて俯いているだけだ。

「お嬢さんは〝高級娼婦〟に興味があるんだってね。私も長年この商売をやっているが、『高級娼婦になりたい』と言ってきた若い女の子はあんたが初めてだ。お嬢さんが考えているような欧米で言う〝高級娼婦〟はこの街には存在しないが、別の需要がある。最近、カラオケやマッサージに行くことで顔を見られることを嫌がる金持ちの客が増えてきてね。そういう連中は金を高く払ってもよいから、女の子の方から出向いてもらって性的要求を満たしたい。こういう出張サービスのことは知っているよね？」

　私は知っているわけではなかったが、当然ありそうなことなので黙って頷いた。

「だが、女の子が連中のところへ行ってみると『好みじゃない』とか『写真と違うので、あそこが立たない』とか、やたらと文句が出るのもこの連中なのさ。そこで、店としては文句の出ない、若くて綺麗な女の子をどうしても揃えておきたい。それも非常に高いレベルでね。それを〝高級〟と称してもいいかも知れないが……」

　薄い唇の端に笑いを浮かべた。

「そこで、お嬢さんがやってもよいなら、私の店で働いてもらいたいと思ってね」

「私、まだ学生なので夜だけならできると思います。暴力的や変態趣味のお客さんは困りますけど。そして、やるからにはそれなりのお金をいただきたいです」

私はもうやる気になって条件を切り出した。

「学生だとは知っているので時間は融通を利かせる。お互いが共存して永くやってもらうためには悪いようにはしない。取り分は客の払う金額を半々にする。細かいことは店の事務所に来てもらった時に話したい」

と老板は言った。

「やります……」と私は答えた。

老板は私がそう答えると、その薄い唇で微笑して言った。

「それではお嬢さん。ちょっと服を脱いでくれるかな?」

私はこんなところでするのかと汚い床を見回した。

「いや、お嬢さん。ここでは体を見るだけだ。店の方で二週間のトレーニングをしてもらうけどね」

私はTシャツを首から抜いてブラジャーを外した。そばに来たアンディがそれを受け取った。それからジーンズを脱ぎ、一瞬動作を止めてパンティも脱いだ。

「お嬢さん、仕草が優雅だね。後ろを向いて上半身を前に倒してくれるかな」

彼の位置からは尻と肛門と性器がまる見えだろう。

「ああ、服を着ていいよ。明日の夜にお店の方へ来てくれるかな?」

と言ってアンディに目配せした。アンディは私の脱いだジーンズや下着を持ってきて私に渡した。


衣服を身に付けおわると、アンディは夜会の様子をちょっと見せようと別棟に私を連れて行った。そこは椅子が散乱している暗い部屋だった。壁の一面がガラス張りになっていた。それはマジックミラーになっていて、ガラスの向こうで女二人と男四人が全裸で絡み合っている。

「よく見てみろよ。あの女たちはあんたに俺のことを話した二人だぜ。まあ、あの二人も最初は嫌がっていたが、こういうことでけりを付けておかないとな」


翌日は夜になってから教えられた老板の店に行った。それから老板を相手に二週間の間、娼婦になるための性感マッサージや性戯を教えられた。

「月蘭、言っておくが、性行為なんて所詮単調なことだ。しかし、それを様式文化に高めたのが日本の江戸時代の花魁文化だ。花魁は当時の高級娼婦だが教養にすぐれ、矜持《プライド》を持っていた。あそこまでのことはできないが、その状況になっても性行為に入るのを急ぐことはない。お前も〝高級娼婦〟と言うなら、自分で考えて工夫をしろ」

と老板は最後に言った。

これは私にとって気が付かなかった教えだった。高級娼婦であった花魁が矜持《プライド》を持っていたことに心を動かされた。性行為を急ぐことはない。私はお客と部屋に入って相手の意向を聞いてから、お茶をいれることを心がけた。お客はお茶の好みもあるが、最高級の香りのいい龍井茶を自分で用意した。入れたお茶をひざまずいて差し上げると、ほとんどのお客は満足な表情をした。

綾香は、最後の学期を終えるために戻ってきていた。

或る夜、私が夜の仕事を終えて遅く帰ってきた時、彼女は一人居間のソファにもたれてビールを飲んでいた。けだるそうに振り向いて薄く化粧をした私の顔をじっと見た。

「月蘭、あんた……アンディの話にのったんだね？　私は断ったけどね……」

と言って、ビールグラスに視線を戻して立ち上がる気泡を見つめている。私はそこに立ち止まったまま、黙って俯いていた。

「しかし、わかんないもんだ、女は……。あんたって真面目そうに見えるのにね」

その言葉を聞いて私は悟った。彼女はもう私を友達として見ていない。私は綾香の快活な性格が好きだったし、彼女は私を友達として何かにつけて親切にしてくれた。

その夜は友達を失くした悲しさで、いつまでもベッドで泣いていた。

アンディは、ほとんど家に帰ってこなくなっていたし、綾香のアンディに対する気持ちはもう冷めていた。それから一ヶ月後に卒業した綾香は、前から働きたいと言っていたシンガポールに就職が決まり、部屋を出て行ってしまった。

アンディは、ホテル学校開校以来、最低の成績で何とか卒業した。そんな彼にも就職先が見つかり、ジョホールバルに行ったらしいとみんなが噂をした。

二人ともいなくなった家に、私は一人で暮らすことになったが、そのままホテル学校の学生生活と夜の仕事を続けた。

店から電話がかかってくると夜の化粧をして出かける。タクシーがさし向けられることもあれば、店から車が迎えに来ることもある。私の客は、その店に登録されている身元がはっきりしている会員か、その会員から紹介された者に限られていた。その客の家に行くこともあれば、店が指定した高級ホテルのスイートルームに行く。どの場合であっても、私は心を込めてお茶をいれることで客をもてなした。

客の中にはちょっと変態趣味もいたが、たいていの男は紳士的で優しかった。これはお茶の効果があったのかも知れない。この街はそれほど大きくはないし、ここの裕福層は限られている。半年もすると客は一巡して、みんな顔見知りになった。

時々、ショッピングモールで客とばったり出会うことがある。そんな時、彼らは決まって素知らぬ顔をする。特に家族連れの場合、私を無視する態度のぎこちなさが、私をおかしくさせると同時に悲しくさせる。

そんな彼らの態度には慣れていたが、一人の客だけが私に目を合わせて微笑した。その時に彼は小さな男の子を連れていた。


この仕事に新鮮な喜びを感じなくなり始めた頃、客の一人が「〝愛人〟にならないか」と私に言った。

ショッピングモールで男の子を連れていたあの男だった。この男はこの街に多い中国系実業家で三代目だ。

中国人の裕福層は祖父、父親の遺産を受け継ぎ、それを基に事業を継続させたり、新しく事業を展開する。潤沢な元手資金があるので、いわゆる金が金を生むことになる。本人は若い頃十分な教育を受け海外留学を経験して、国際的な経済動向の理解力もある。親族同士の助け合いもあれば、裕福層の子供はそれぞれ集まりを通して知り合い、大人になってからも親交が続く。そして信頼できる相手として、新しく事業を共同出資で立ち上げる。このような事業を信頼できる友人と共同経営をしながら、自分個人の会社も多く経営している。

彼は同じ裕福層の娘と結婚したが、心臓の弱かった彼女は一児を出産する時、危篤状態になった。幸い命を取り留めたが、その後はシンガポールで介護つきの療養生活を続けていた。

私が夫の愛人になることは妻も了承している、と彼は私に説明した。

夜の仕事を続けながら、子供の頃から考えていた〝高級娼婦〟の行く末が今の状態だったのか、自分でも判然としなかった。そして、これは永く続けられる仕事ではないことは少しずつわかってきた。幸い今までは危険な目にあうことはなかったが、いつまでもそうであるとは限らない。まだ私が十代という若さで、しかも客の指名が多いから、お店も私を大事に扱っているが、そうでなくなる日もいずれくるだろう。そういう女たちが、お店の裏で働いているのを私は知っていた。

私を愛人にしたいという男の資産に、私は興味はなかった。彼は私の欲のないところも気に入っていたのかも知れない。

私は彼のことを好きでも嫌いでもなかった。私はお客に愛情は持っていない。

これは〝高級娼婦〟をやる女が持っている資質であると自分では思っていた。自分では〝高級娼婦〟を目指していても、この地方都市では〝派遣娼婦〟にすぎない。大都市に移ったとしても未知の世界は広がるが、同じように危険な領域も広がるだろう。

それと子供の頃から考えていた〝娼婦〟にはなってみたが、現在の自分に何か満たされないものを感じていた私は、〝愛人〟として彼の申し出を受けることにした。

私は老板にその意思を伝えた。

「お嬢さんにはずっと永く続けてもらいたかったな。この店のためにも、他のお客さんのためにもね。しかし、お嬢さんにとって、これは大変な〝運〟が巡ってきたということだ」

私はその時、老板の言う〝運〟というものはわかっていなかった。

ちょうど卒業の時期も近くなっていた。夜の仕事を黙っていた私に仕送りを続けてくれた母のためにも、勉強もおろそかにしなかった。卒業式の時には成績優秀賞も卒業証書と一緒に授与された。このことを母に電話をしたら、母は涙ぐんだ。

彼は一人息子を私にあらためて紹介した。「トーン」と名乗った。私のことを覚えていたらしく、はにかんだように笑った。彼は父親に似ておっとりした性格をしているようだ。

彼は息子を跡取りとして大事に育てていたが、運動不足で肥満児になったことを気にしていた。これでは跡取りとして不安を感じた彼は息子にスポーツをさせようと考えた。そこで思いついたのが、彼が英国留学中にやったことのあるテニスだった。

彼は私も息子と一緒にテニスをさせることに決めてしまっていた。私はそれまでスポーツをしたことがなかったし、運動神経に自信はなかったが、テニスは脚と尻のシェイプアップに効果があると聞いていたので、「やってみたい」と言った。

この弟みたいな男の子とテニスを一緒に習うことで仲よくなることもできそうだった。

彼の友人から紹介されたというテニスコーチが、挨拶を兼ねて家にやって来た。広い居間で私とトーンがコーチに紹介された。その時まで和やかに雑談していたコーチは、私の顔を見て戸惑った表情を浮かべた。私はすぐに思い出せなかったが、そのコーチは私の客として一回だけ寝たことがある男だった。

月蘭のプライド

今日は二回目のテニスレッスンの日だ。

テニスコートに行くとフェイヤンはレッスン時間より早く来て、ベンチで本を広げていた。私は彼女の傍らに行って覗き込んだ。

「何の本を見ているのですか？」

彼女は微笑みながら顔を上げた。

「〝アールデコ〟というデザイン様式の本だけど、知っているかな？」

「〝アールデコ〟……ですか？　いえ、知らないです」

「私も建築やっていながら、アールデコを知らなかった。今度の課題でアールデコ様式を参考にできないかなって勉強しているところなんだ。見る？　この本」

フェイヤンは本を私に差し出した。

「いいんですか？」

　私は嬉しくてそれを受け取り、フェイヤンの隣に勢いよく座った。光沢のある本のカバーが、揃えている私の太腿に吸い付いた。

　こんな洒落た装丁で綺麗な本は見たことがなかったが、建築のアールデコ様式のページの写真が、何だか私の住んでいる家に似ている気がした。

「あのー、この写真と私の住んでいる家が似ている気がするんですけど……」

「えっ、本当？　それってアールデコ様式じゃないの、あなたの家？」

「私、よくわからないですけども……。もし、よろしければ、日曜日に遊びに来ませんか？」

「行く、行く！　いやー、実際のアールデコ様式の家ってどんなだか興味あるんだ！」

　フェイヤンが興奮した。

　そんな私たちのやりとりを、前に立ったトーンがラケットをぶらぶらさせながら聞いていた。

「トーン、今度の日曜日にフェイヤンが家に遊びに来てくれるって！」

私が言うとトーンも嬉しそうに頷いた。

「じゃー、レッスン始めるぞー。コートの周りを二周ランニング！」

フェイヤンはいつもの号令をかけた。

友達がいない私を訪ねて遊びに来てくれる人ができたことがすごく嬉しかった。

その日のテニスレッスンは楽しくて、私の体の動きもよかった。

「おっ！　月蘭、今日は動きがいいねー、その調子！」

フェイヤンが笑った。

家の住所と電話番号をフェイヤンに教えて、日曜日の約束をした。

＊

日曜日は空が晴れ渡ってよい天気だった。私のレディバードは樹木の枝が覆いかぶさっている木漏れ日の道を走っている。住所からするとストーンチャーチと呼ばれる石でできた教会を過ぎて、少し行った右側が月蘭の家のはずだ。その辺りは超高級住宅地区と言われているところだ。一軒当たりの敷地が広く、道路からは塀とそれに沿った樹木しか見えない。

通り越しそうになった時、月蘭の住居番号が目に入った。住居番号標識の立ってるところが少し広くなっていて、大きな鉄格子の門があった。

その門扉の前に車を停めたが、門扉は閉まっている。さて、どうしたものかと運転席のハンドルに腕をのせて思案していると、門扉がゆっくりと開き始めた。

開いた門の先に道が更に続いていて、ずっと先に水平と垂直のラインで構成された建物が見えてきた。水平部材の一部が玄関の大きな庇になっている。その庇の下にトーンと月蘭がこちらを見て微笑んでいた。

出迎えてくれている彼らの前に車を停めた。

「こんにちは！　車を停めるのはここでいいのかな？」

「はい。大丈夫です。家の運転手が移動しますから、車の鍵はそのままで」

私は車を降りてから建物を見上げながら、

「あなたの家って、間違いなくアールデコだわ！　こりゃー」

私は興奮して言った。

「やっぱりそうですか？　よかった！　さあ、中にどうぞ」

と嬉しそうに月蘭は玄関の方へ促した。

アールデコ様式の照明のぶら下がった玄関ホールを抜けて客用の居間に案内された。十五人ぐらいはゆったり座れるようになっていた。そこの椅子やソファもアールデコの様式で統一されていた。

「へーっ、すごいじゃない！　これって誰の趣味なの？」

「お婆さまの趣味らしいです。亡くなられましたが、若い頃は『ブガッティ』とかいう車を乗り回していたそうですよ」

「ブガッティね。今でもクラシックカーのレースに出てくるやつだよねー」

と言いながら天井を見るため仰け反っている私に、月蘭はソファに座るように勧めた。

白いエプロンをつけたインドネシア人のメイドが、運んできた紅茶とクッキーを私たちのテーブルに置いた。

月蘭が勧めたので紅茶を口に運ぶとダージリンのよい香りがした。

月蘭は形のよい脚を揃えてなんとも優雅な姿勢でソーサーを手にカップを口元に運んでいる。自分はジーンズをはいているせいもあるが、股を広げて周りを見回して、ふんふんとやたら感心していることに気が付き急に恥ずかしくなって、急いで股を閉じた。

それを見た月蘭がクスッと笑った。

「いやー、月蘭の優雅な身のこなし、私も見習わないといけないなー」

と言ってわざとらしく脚を斜めに揃えてみせた。

「そういう身のこなしって自然に身に付いたの？　それとも親の躾ってやつ？」

月蘭は紅茶のカップをテーブルにそっと置いて、こちらをじっと見つめた。

「知っているんでしょう？　私のこと……」

「えっ？」

何のことを聞いているのか戸惑ったが、コーチのトニーが言っていた〝愛人〟

という言葉が頭をよぎった。

「ああっ、うん。あのことかな?」

私はとっさにどう答えていいかわからず慌てた。

「私は建築が好きで建築家になりたいと思っているように、他の人は別のことが好きなら、その好きなことをしたいのはいいと思うよ」

と話してから、これはちょっとまずい言い方だと思った。

「いやいや、言いたかったのは、それぞれの道があるっていうかー、女の生き方はいろいろで、他人は事情を知らないで、とやかく言えないというかー」

私は混乱して答えた。

「いいんです。そんなに気を遣って下さらなくても……」

月蘭は静かに言った。

「〝パパ彼〟は今日、親族の集まりがあって家にいないんです。あっ、私、彼のことをどう呼んでいいかわからなくて、『パパ彼』と言ってるのですけれど」

と言いながら月蘭は他の部屋も案内してくれた。

トーンは自分の部屋でコンピューターゲームに夢中になっていた。ちらっとこちらを見て微笑した後、ゲーム機の画面に向き直った。

月蘭は私が家の中を見ながらデザイン的にあれこれとしきりに感心している様子に興味を持ったらしい。

「フェイヤン、あなたの生きる道って建築デザインなんですね。建築ってそんなに面白いものですか？」

「うん！　自分が好きだから言うわけじゃないけど、建築って機能的な空間だけでなく芸術的空間もあるので奥が深い。それを自分で考えて設計するのは楽しいよ。それと職業として男女の差も少ないしね！」

楽しく話す私を月蘭はその涼しげな瞳で見つめていた。

「ここは私の部屋なんですけど雨漏りがあって、壁も天井も修復することになっているんです。パパ彼は私が好きなように内装をやり替えていいと言ってくれているのですけれど、建築がそんなに楽しいなら、自分でやってみようかな……」

「うん、それがいいよ！　自分の部屋を自分でデザインできるなんて最高じゃない！　もしわからないことがあったら手伝ってあげるから！　まあ、私としては折角のアールデコ様式なんだから、それを活かしてもらいたいけどね！あっ、ごめん、ごめん！　私の考えを押し付けたみたいで」

私は笑った。

＊

それから月蘭は、自分の部屋の改装に、周りが驚くぐらいに一生懸命になった。

貯めていた自分のお金の中から建築やインテリアの本を買い集めた。私が教えたクアラルンプールのロットテンの本屋に行き、本を選んだが、その本の選び方に意外性がありながらよい本を選んでいるので、私も彼女から数冊借りたほどだった。

テニスのレッスンの時に彼女は自分の描いたスケッチを持ってきた。製図の仕方を知らないので最初は絵本にあるような絵だったけれど、独特の面白さがあった。私は彼女に製図の仕方を教えた。平面図から始まって展開図、天井伏図と説明したが、彼女はのみ込みが早かった。三次元のイメージを伝える透視図であるパースの描き方も教えた。

私はそれからも彼女の家を訪ねて、内装工事の職人に月蘭の意図を説明する手伝いをした。

もう一つの目的はアールデコ様式の建築をよく観察することだった。住宅としてはかなり大きい月蘭の邸宅が、私の課題にヒントを与える予感がしていた。リゾート地に建つ美術館は大きな建物である必要はなく、住宅のような親密な空間の連続であってもよいのではないか、と考え始めていた。

彼女の部屋の改修工事は二ヶ月で完成した。

壁と天井は漆喰の白を基調にして細い金色のラインが走っている。アールデコ様式が新しい感覚で再現されていた。床は花梨材をヘリンボーンに敷いてクラシック感を出している。全体的に品のよい雰囲気が漂っていた。特に照明の選び方にセンスがあって明るさだけでなく、陰影も彼女の感覚の中では大切なものとして意識されていた。

「月蘭！　いいじゃない、本当に！　私も手伝った甲斐があったよ！」

その完成した月蘭の部屋を見て心の底から感心した。

「月蘭、学校に入って建築を本格的に勉強してみれば！」と勧めた。

月蘭はそれに答えなかったが、建築デザインの面白さに引かれ始めたようだった。

彼女は、私がやっている設計課題というものに、非常に興味を示した。「課題の提出が迫ってきた時、手伝いに行ってもよいか」と私に聞いた。「いいよ」と言うと、運転手が月蘭を黒塗りのベンツで送ってきて、また迎えに来るということが数回続いた。

彼女は課題の美術館内の家具のレイアウトをスケッチしたり、模型作りを手伝った。そんな時、彼女は楽しそうに十八歳のはしゃぐ姿を見せることもあった。そして図面を見つめて真剣に考える瞳には女の私も魅了される光があった。

図面と模型が散乱する狭い部屋で女二人が熱中していると、空気が女臭くなってくるものだ。しかし、月蘭からはいい匂いが漂っているのに気が付いた。

「月蘭、何かあなたって、いい匂いがするね！」

と何気なく言うと、

「そうですか？　自分では、あまりわからないですけど……時々そうなるようで、他の人からも言われたことがあります」

と言いながら、模型のパーツを真剣な目で組み立てていた。

私はこの匂いを何処かで嗅いだような気がしていた。そして、キャメロン・ハイランドのジャングルの中に咲いていた蘭の香りを思い出していた。

＊

私は設計課題「リゾート地に建つ美術館」を力を振り絞って完成させた。提出日の一週間前から睡眠時間は三時間になった。これは私だけではない。ファンだって他のクラスメイトだって、ほとんどがそういう状態で提出図面や模型に没頭しているはずだ。課題を提出する日には、ジーンズのウエストが緩くなって自分の小さなへそが見えた。

課題の提出の日は教室がボディソープの匂いがする。徹夜明けの学生たちがシャワーを浴びてから来るからだ。

課題発表の時、私の設計案はクラスの誰とも違っていた。

クラスメイトたちは大きな展示空間をもつ美術館を設計していた。建物自体はそのボリュームゆえに迫力はあるのだが、想定地のペナンは山が海岸線に迫っているので景観的に違和感があった。

私の提案は、海に延びる岬に少し大きい別荘のような美術館として計画されていた。展示室も大きい居間のような空間が連続して組み合わされている。美術作品を見ながら、窓から海の景色も眺められる。

私の案は最初、みんなの注目を浴びなかった。しかし、チュン先生と数人の講師が私の案に注目した。

「この設計案は『リゾート地に建つ美術館』として一つの方向を提案している」

「リゾートに来ている観光客は都市にあるような巨大な建築や大空間よりも、こんな親密な誰かの住宅のようなところを訪れたいかも知れない」

「それにあまり大き過ぎないスペースの組み合わせだから、リゾート地の地形になじみやすく、景観として海のすぐ側に建てられても違和感がない」

「平面図を見ると、ちゃんと家具のレイアウトもされている。他の学生の案では時間的にそこまで手が回らないものが多いが……」

（月蘭、ありがとう……）

　私は心の中で呟いた。

「アールデコ風のデザインが散見されるが、リゾートに来る観光客は過去と未来への時間の上を旅しているとも言える。そう考えると、旅行者の過去の記憶と伴走するアールデコ様式は意味があるかも知れない」

　チュン先生が最後に総括するようにコメントをした。


　課題を提出して一週間後に課題の評価点が張り出された。

　私の評価点はAプラスだった。私は嬉しかった。この設計課題は学年最後の課題だったのだ。この課題を最後に私はこのポリテクニックを卒業する。

三年住み慣れた部屋を片付けていると、製図台の後ろから一年生の時に描いた図面が埃をかぶって出てきた。今、それを見ると稚拙だが、あの時も徹夜をして描いたのだ。それを広げて見ていると、涙がこぼれて図面の上に落ちた。

最後の学年の成績を基に、推薦状と入学願書をオーストラリアの大学に提出することができた。月蘭にもそれを話した時、とても喜んでくれた。

そして、あと二日でこの街イポーを去ることになった日、月蘭から電話がかかってきた。彼女の言う〝パパ彼〟が「息子と月蘭がテニスレッスンで大変お世話になったので、夕食にご招待したい」とのお誘いだった。

アールデコ様式のダイニングルームのテーブルの上には綺麗な食器が照明の光を細かく反射して並んでいた。二人のインドネシア人メイドの給仕で食事が運ばれ、私たちは赤ワインで、トーンはオレンジジュースで乾杯した。

パパ彼は微笑しながら、

「如何ですかな？　この二人のテニスは。コーチとして苦労されたんじゃありませんか？　私が言うのも何だが、この二人は揃って運動が苦手ですから」

「いえ、トーンは結構動けるようになりましたし、両手バックハンドが打てるようになりました」

デブ感がなくなったトーンが嬉しそうに頷いている。

「月蘭は返球できるようになって、ラリーが結構続くようになりました。しかしテニスに必要な攻撃心が全くなくて、優雅すぎます」

「はははっ、攻撃心がなくて、テニスになりませんかー」

パパ彼は何か思い当たるように頷いた。

「しかしですね、学生の私が言うのも何ですが、月蘭には建築インテリアの才能があると思います」

私は視線をパパ彼から月蘭に移して、

「ねっ、月蘭、自分の部屋をすごくよく改装したじゃない。月蘭も本格的に建築を勉強してみるといいんじゃないかな？」

月蘭は恥ずかしそうにパパ彼の方を向いた。

「確かにあの時は私も驚いたんだが……」とパパ彼も頷いた。

*

それから六ヶ月後、私はシドニーのＵＴＳに留学して学園生活を送っていた。ＵＴＳに来て驚いたのはこの大学は留学生がすごく多いということだ。中国本土、韓国、日本、隣のニュージーランドなど様々な国から留学生が来ている。

オーストラリアに来て二年が過ぎ海外の学生生活に慣れた頃、一通のエアメールがイギリスから届いた。投函地はシェフィールドとなっている。月蘭からだった。

彼女はシェフィールド大学の建築学科に入学して学生生活を送っていた。月蘭からは言い出さなかったが、いつも熱心に建築やインテリア雑誌を読んでいる月蘭を見ていたパパ彼が、建築の勉強のために留学したらどうかと勧めたのだった。

その手紙には学校で友達ができたことや、一年生の設計課題でクラス最高点を貰ったことなどが、楽しそうに書いてあった。

＊

月蘭について、パパ彼は悩み考えていた。

（トーンも年々成長している。月蘭とは仲がよいようだが、いずれ私の愛人だと知る日が来るだろう。多感な時期に周りからいろいろ言われて、今までのように一緒に仲よく暮らすことができなくなるかも知れない）

よくあるように、月蘭との愛人関係を解消して、店の一つでも持たせ、過去の女とすることも考えた。今まで何百人と女に接してきたが月蘭のような女はいなかった。しかし、女として男を魅了する容姿をしているが、それだけではない。むしろ今は彼女の人間性に引かれている。パパ彼にとって、彼女の心の中がすべてわかっているわけではないが、そのことがまた彼女の魅力になっている。

そこで考えついた結論は、月蘭を自分の養子にすることだった。彼女の性的魅力は衰えていないが、女に対する愛情を養子とはいえ親子の愛情に徐々に変えて、彼女を育ててゆくのだ。性的な要求は他でいくらでも解消できる。

しかし、これを周りに理解してもらうのは簡単ではなかった。中国人は親族として血が繋がっていることを重要視する。親戚や裕福層の友人たちは月蘭の性格のよさは知っていた。彼らの人間を見る眼は鋭い、そうでないと事業に失敗し被害を被るからだ。その彼らが口をそろえて月蘭の性格や人間性を認めながらも、養子にすることに否定的だった。

しかし、パパ彼の真摯な説得で、シンガポールの病床にいる妻をはじめ親族のほとんどが賛成するようになった。ただ、まだ月蘭の意志を確認していなかった。パパ彼としては彼女のために最善の方法なので、月蘭も喜んで応じてくれると疑っていなかったのだ。

ところが、月蘭に養子の話をした時、月蘭は静かに拒否したのだった。

これを聞いたパパ彼をはじめ周りは驚愕した。養子になれば、将来はトーンが企業を引き継ぐとしても、月蘭にも莫大な資産が分配される。それから生じる経済的富で一生困らない生活を送ることができる。裕福層の子女で、スイスなど外国で優雅に暮らしている者は大勢いるのだ。

慌てたパパ彼は、月蘭の唯一の話し相手だった私の電話番号をどこからか聞き出し、私に月蘭を説得してくれるように国際電話をかけてきた。

私はパパ彼の真摯な考えを理解して、月蘭に電話をした。

最初はお互いの近況を話していたが、本題に入った。

「月蘭、養子になることはいい話じゃない？」

普通ならば十人中十人が受け入れる話だが、月蘭には別の考えがあるかも知れないのでやんわりと聞いた。

しばらく月蘭の沈黙があった。

「子供の頃からずっと思っていた〝娼婦〟には、生きてゆくためのプライドがあるのです」

静かにそう言った。

月蘭はパパ彼に、心を込めて感謝の気持ちを手紙で伝えた。

親愛なるフー・ハイファン様

今まで、私に豊かで愛情の溢れた生活をさせてくれた貴方に本当に感謝しています。私にとって、それは身に余る人生のひと時でした。それに空間デザイナーへの道を開くために留学までさせていただいて、いくら感謝しても言い表す言葉が見つかりません。

そうでありながら、この言葉をあなたに伝えるのは大変心苦しいのですが、留学から戻りました後は、貴方と別れて一人で生きてゆく決心をしました。

そうであっても、トーンと貴方と一緒に過ごした幸せなイポーの日々を、私は一生忘れることはないでしょう。

紫月蘭

この手紙を受け取ったパパ彼は、しばらく腑抜けたようになっていたと周りの人は噂した。

＊

私はシドニーのＵＴＳを卒業した後、マレーシアには戻らなかった。オーストラリアは白人の国だから、中国人に対する差別がないとは言えない。しかし、ここに来てわかったが、国土の広さに比べて人間の数が少なすぎるのだ。主だった都市にはある程度の人口があるが、それでも郊外には寂しい風景が広がっている。オーストラリアは外国人と共存しないと経済発展するための人口密度を維持できない不安が常にある国なのだ。

卒業を控えた頃、私を教えた教授から声をかけられて、シドニーにある設計事務所に就職した。そこは海外のプロジェクトも手がける大きな設計事務所だった。

私はその設計事務所で働き始めてから三年の月日が流れていた。今ではその事務所の中で主任の立場になっていた。そして私が担当している上海のプロジェクトが終わったら、結婚を考えている相手がいる。

上海のプロジェクトは、私と同じ時期にＵＴＳに留学していた中国人の友人からもたらされた。現在、彼女は上海の同済大学の準教授になっている。彼女から中国東北部の都市、瀋陽のプロジェクトを共同でやらないかと打診があったのだ。

中国での仕事は難しいところもあるので、このプロジェクトを会社内部で慎重に検討した結果、躍進する中国との関係を築くために事務所の経営陣は積極的に応じることにしたのだ。

そして、私がその瀋陽のプロジェクトの担当主任に指名された。

シドニーと上海は離れているけれど、昔と違ってデジタル化された図面や映像は瞬時に相手に送ることができる。インターネット上でできない作業や会議を同済大学の近くに借りたオフィスでやるのだった。

同済大学の周辺は建築設計関係の事務所、模型工房、ＣＧレンダリング事務所などが集中している。これらの企業の協力や外注作業を考えると、上海で作業をすることが非常に便利で効率がよかった。そういう理由で、私は定期的にシドニーと上海を往復しながらプロジェクトを進めていた。

私はシンガポール経由で上海に向かう機内にいた。シンガポール・エアラインの機内はいつも和やかだ。ＣＡのサービスの身のこなしは優雅で気持ちがよい。離陸前のひと時、飲み物が提供され、くつろいだ空気が機内にゆっくりと流れていた。

私は前にある座席ポケットから、表紙を覗かせている機内雑誌を取り出した。その雑誌を何気なくめくっていると、建築デザインのページに目が引き寄せられた。そこには斬新でありながら、格調のある空間デザインの写真が特集されていた。

そして最後のページには、アールデコ様式の室内を背景に月蘭が写っていたのだった。六年前の娘から大人の女になっていたが、以前の面影を残しながら、優しい雰囲気をあの時と同じように漂わせていた。

写真に添えられた記事には、『今、世界で最も注目されている空間デザイナー紫月蘭』と紹介されていた。

「やったじゃない！　月蘭！　よかったわね、本当に……月蘭」

私は体の中から熱いものが込み上げてきて、開いた機内雑誌に顔を伏せた。

私はしばらくそのままにしていた機内雑誌を、ゆっくりと顔から離した。

私の涙でちょっと濡れた月蘭が、写真の中で微笑んでいた。

了

あとがき

ミレニアムと呼ばれた一九九九年から二〇〇〇年に世紀が切り替わる頃、私自身も人生のページを新しくするために日本を離れた。

建築家として雑誌にも取り上げられたことがあり、少しは世間に知られた頃もあったが、それに執着するよりも知らない世界で自分を試したかった。外国に行く場合、気ままな一人旅で巡ることもできるのだが、それは出会える人も限られて、行動の範囲が狭いことは経験から知っていた。その頃、日本は東南アジアを中心に海外支援事業を進めており、建築教育の分野で各国の高等教育機関に派遣されることを選択した。

私の海外赴任生活は二〇一七年まで続いたが、この物語は一九九九年から二〇〇二年の間、マレーシアで出会った多くの人々が背景になっている。登場人物についての記述は必ずしも事実と一致していないが、虚実の境界に登場する人々の言葉をとおして物語を構成することを心がけた。この物語に出てくる学生や若い人たちの様々な思いと生きるかたちを陶磁器に描かれた「青花模様」

（チャイナ・ブルー）が表裏にあることになぞらえて物語の題名にした。

学生時代を経て社会で生きてゆく青い花の光と影を物語にして、若い人たちと過ぎ去った青春に想いをはせる人々に捧げます。

物語に出てくるキャメロンハイランドの別荘を所有していたリーが二〇二三年の五月に亡くなった。彼とイポーで友人になったことで、私は物語の世界と奥行きを広げることができた。訪れた別荘の情景の中で彼が生き続けてくれることを願って、ここに追悼の意を表します。

最後に文芸社の皆さんの尽力がなければこの物語は世に出ることはなかった。そして出会った人たちすべてにたいして、ここに謝意を申し上げます。

沖　夏海

著者プロフィール
沖 夏海（おき なつみ）
本名 沖中高行
1947年 神戸生まれ
武蔵野美術大学卒業、早稲田大学大学院修士課程修了
一級建築士
1988年 SDレヴュー入選
1989年 鹿島賞受賞
国内で設計活動を行いながら、オーストリア、ボリビア、インドネシア、シンガポールなどの海外プロジェクトに従事
1999年から2017年まで、マレーシア、インドネシア、中国における国立大学の建築学科で講師と教育アドバイザーを務める

チャイナ・ブルー

2024年5月15日 初版第1刷発行

著 者 沖 夏海
発行者 瓜谷 綱延
発行所 株式会社文芸社
〒160-0022 東京都新宿区新宿1-10-1
電話 03-5369-3060（代表）
03-5369-2299（販売）

印刷所 株式会社暁印刷

ISBN978-4-286-25222-3